美文馆

主编◉马国兴
　　　吕双喜

最具启发性的智慧美文

领着自己

回家

U0602977

JINGZHE ZIJI HUIJIA

　　每个人的人生，恰如由一篇篇小小说与美文组成，一页翻过，又是新的篇章，看似毫不相干，却又唇齿相依。

　　"小小说·美文馆"丛书，所选作品思想内涵、艺术品位和智慧含量兼具，在这个信息碎片化的网络时代，为您提供精良的智慧读本。

郑州大学出版社

图书在版编目(CIP)数据

最具启发性的智慧美文·领着自己回家/马国兴,
吕双喜主编. —郑州:郑州大学出版社,2013.5(2023.3 重印)
(小小说美文馆)
ISBN 978-7-5645-1392-4

Ⅰ.①最… Ⅱ.①马…②吕… Ⅲ.①小小说-小说集-
中国-当代 Ⅳ.①I247.8

中国版本图书馆 CIP 数据核字 (2013) 第 043818 号

郑州大学出版社出版发行

郑州市大学路 40 号   邮政编码:450052
出版人:孙保营   发行部电话:0371-66658405
全国新华书店经销
三河市鑫鑫科达彩色印刷包装有限公司印制
开本:710 mm×1 010 mm 1/16
印张:13
字数:230 千字
版次:2013 年 5 月第 1 版   印次:2023 年 3 月第 4 次印刷

书号:ISBN 978-7-5645-1392-4   定价:42.00 元
本书如有印装质量问题,请向本社调换

"小小说·美文馆"丛书

总 策 划 、总 主 审

杨 晓 敏　骆 玉 安

编委名单

主　编　马国兴　吕双喜

编　委　（以姓氏笔画排序）

王彦艳　牛桂玲　李恩杰

步文芳　连俊超　郑兢业

梁小萍

序

杨晓敏

书来到我们手上，就好像我们去了远方。

阅读的神妙之处，在于我们能够经由文字，在现实生活之外，构筑属于自己的精神生活。透过每篇文章，读者看到的不仅是故事与人物，也能读出作者的阅历，触摸一个人的心灵世界。就像恋爱，选择一本书也需要缘分，心性相投至关重要，阅读的过程中，你会发现他与自己的不同，而你非常喜欢，也会发现他与自己的相同，以致十分感动。阅读让我们超越了世俗意义上的羁绊，人生也渐渐丰厚起来。

在这个信息碎片化的网络时代，面对浩若烟海的读物，读者难免无所适从，而阅读选本无疑是一个不错的选择。从《诗经》到《唐诗三百首》再到《唐诗别裁》，从《昭明文选》到"三言二拍"再到《古文观止》，历代学者一直注重编辑诗文选本，千淘万漉，吹沙见金。鲁迅先生说过："凡选本，往往能比所选各家的全集更流行，更有作用。册数不多，而包罗诸作。"为承续前人的优秀传统，我们编选了"小小说·美文馆"丛书。

当代中国，在生活节奏加快与高科技发展的影响下，传统的阅读与写作方式发生了深刻的变化，小小说应运而生，成为当下生活中的时尚性文体。小小说注重思想内涵的深刻和艺术品质的锻造，小中见大、纸短情长，在写作和阅读上从者甚众，无不加速文学（文化）的中产阶级的形成，不断被更大层面的受众吸纳和消化，春雨润物般地为社会进步提供着最活跃的大众智力资本的支持。由此可见，小小说的文化意义大于它的文学意义，教育意义大于它的文化意义，社会意义又大于它的教育意义。

小小说贴近生活，具有易写易发的优势。因此，大量作品散见于全国数千种报刊中，作者也多来自民间，社会底层的生活使他们的创作左右逢源。一种文体的兴盛繁荣，需要有一批批脍炙人口的经典性作品奠基支撑，需要有一茬茬代表性的作家脱颖而出。所以，仅靠文学期刊，是无法垒砌高标准的巍巍文学大厦的。我们编选"小小说·美文馆"丛书，是对人才资源和作品资源进行深加工，是新兴的小小说文体的集大成，意在进一步促进小小说文体自觉走向成熟，集中奉献出思想内容与艺术形式兼优的精品佳构，继而走进书店、走进主流读者的书柜并历久弥新，积淀成独特的文化景观，为小小说的阅读、研究和珍藏，起到推波助澜的作用。

编选"小小说·美文馆"丛书，我们选择作品的标准是思想内涵、艺术品位和智慧含量的综合体现。所谓思想内涵，是指作者赋予作品的"立意"，它反映着作者提出(观察)问题的角度、深度和批判意识，深刻或者平庸，一眼可判高下。艺术品位，是指作品在塑造人物性格，设置故事情节，营造特定环境中，通过语言、文采、技巧的有效使用，所折射出来的创意、情怀和境界。而智慧含量，则属于精密判断后的"临门一脚"，是简洁明晰的"临床一刀"，解决问题的方法、手段和质量，见此一斑。

"小小说·美文馆"丛书共计十卷，分别为《最具想象力的叙事美文·深夜里游走的路灯》《最具感染力的爱情美文·当你孤单你会想起谁》《最具欣赏性的幽默美文·能说话的那堵墙》《最具实用性的写作美文·活着的手艺》《最具领悟力的哲理美文·有温度的词汇》《最具启发性的智慧美文·领着自己回家》《最难忘的军旅美文·沉默的子弹》《最生动的动物美文·一只在夜色中穿行的猫》《最清新的自然美文·赴一场心静如菊的盛宴》《最给力的草根美文·消逝的事物》。一定意义上说，人生就是由一篇篇小小说组成的，希望"小小说·美文馆"丛书为你的阅读人生增添美妙的元素。

好书像一座灯塔，可以使我们在瞬息万变的社会不迷失自己的方向，并能在人生旅途中执着地守护心中的明灯。读书是一种积极的生活情趣，一个对未来的承诺。读书，可以使我们在人事已非的时候，自己的怀中还有一份让人感动的故事情节，静静地荡涤人世的风尘。当岁月像东去的逝水，不再有可供挥霍的青春，我们还有在书海中渐次沉淀和饱经洗练的智慧，当我们拈花微笑，于喧嚣红尘中自在地坐看云起的时候，不经意地挥一挥手，袖间，会有隐隐浮动的书香。

（杨晓敏，河南省作协副主席，郑州小小说文化传媒有限公司董事长、总编辑，《小小说选刊》《百花园》主编。）

目录

1

苏七块

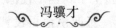

冯骥才

　　苏大夫本名苏金伞，民国初年在小白楼一带，开所行医，正骨拿环，天津卫挂头牌。连洋人赛马，折胳膊断腿，也来求他。

　　他人高袍长，手瘦有劲，五十开外，红唇皓齿，眸子赛灯，下巴颏儿一绺山羊须，浸了油似的乌黑锃亮。张口说话，声音打胸腔出来，带着丹田气，远近一样响，要是当年入班学戏，保准是金少山的冤家对头。他手下动作更是"干净麻利快"，逢到有人伤筋断骨找他来，他呢？手指一触，隔皮戳肉，里头怎么回事，立时心明眼亮。忽然双手赛一对白鸟，上下翻飞，疾如闪电，只听"喀嚓喀嚓"，不等病人觉疼，断骨头就接上了。贴块膏药，上了夹板，病人回去自好。倘若再来，一准是鞠大躬谢大恩送大匾来了。

　　人有了能耐，脾气准格色。苏大夫有个格色的规矩：凡来瞧病，无论贫富亲疏，必先拿七块银元码在台子上，他才肯瞧病，否则决不搭理。这叫嘛规矩？他就这规矩！人家骂他认钱不认人，能耐就值七块，因故得个挨贬的绰号"苏七块"。当面称他苏大夫，背后叫他苏七块，谁也不知他的大名苏金伞了。

　　苏大夫好打牌。一日闲着，两位牌友来玩，三缺一，便把街北不远的牙医华大夫请来，凑上一桌。玩得正来神儿，忽然三轮车夫张四闯进来。往门上一靠，右手托着左胳膊肘，脑袋瓜淌汗，脖子周围的小褂湿了一圈。显然摔坏胳膊，疼得够劲。可三轮车夫都是赚一天吃一天，哪拿得出七块银元？他说先欠着苏大夫，过后准还。说话时还哼哟哼哟叫疼。谁料苏大夫听都没听，照样摸牌看牌算牌打牌，或喜或忧或惊或装作不惊，心思全在牌桌上。一位牌友看不过去，使手指指门外，苏大夫眼睛仍不离牌。"苏七块"这绰号就表现得斩钉截铁了。

牙医华大夫出名地心善,他推说去撒尿,离开牌桌走到后院,钻出后门,绕到前街,远远把靠在门边的张四悄悄招呼过来,打怀里摸出七块银元给了他。不等张四感激,转身打原道返回,进屋坐回牌桌,若无其事地接着打牌。

过一会儿,张四歪歪扭扭走进屋,把七块银元"哗"地往台子上一码。这下比按铃还快,苏大夫已然站在张四面前,挽起袖子,把张四的胳膊放在台子上,捏几下骨头,跟手左拉右推,下顶上压,张四抽肩缩颈闭眼龇牙,预备重重挨几下。苏大夫却说:"接上了。"当下便涂上药膏,夹上夹板,还给张四几包活血止痛口服的药面子。张四说他再没钱付药款,苏大夫只说了句:"这药我送了。"便回到牌桌旁。

今儿的牌各有输赢,更是没完没了。直到点灯时分,肚子空得直叫,大家才散。临出门时,苏大夫伸出瘦手,拉住华大夫,留他有事。待那二位牌友走后,他打自己座位前那堆银元里取出七块,往华大夫手心一放,在华大夫惊愕中说道:"有句话,还得跟您说。您别以为我这人心地不善,只是我立的这规矩不能改!"

华大夫把这话带回去,琢磨了三天三夜,到底也没琢磨透苏大夫这话里的深意。但他打心眼儿里钦佩苏大夫这事这理这人。

多活一小时

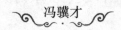

冯骥才

　　时间有时像尘土,需要打发掉;有时确实比金银财宝还要珍贵,但它又和流光一样,抓也抓不住。活者和死者之间的区别,就看有没有时间,没时间,生命就结束了。

　　年根儿的一天,有十个人由于年老、疾病、意外事故等等原因,失掉时间,死掉了。不管他们生前热爱还是厌烦生活,此刻却都一样地渴望返回到世界上来,哪怕一会儿也好,这种感觉是活着的人不曾体会到的。这当儿他们碰到掌管人们寿命的天神。天神手里刚好还富余十个小时。他对这些恋生的死者起了恻隐之心,决定给他们每人一小时,回到人间享用——这可是从来没有过的事情! 十个死者欣喜若狂。但天神在使他们复生之前,很想了解一下他们将怎么利用这短暂又珍贵的一小时的时光。下面是十个死者依次的答话——

　　一:"我想把我办过的一件缺德事告诉亲人们。我一直没有决心这样做,现在反而有决心了。原来这种坏带在身上,死了也是一种累赘。"

　　二:"在这复活的一小时内,我什么也不想干,只盼望科学家们能把我致死的病由找到,并找到特效药,那么我就不止多活一个小时了。"

　　三:"在这最宝贵的一小时,我要妻子女儿守在我身旁。我活着时,天天忙工作,一直没能同她们一起安安静静地度过一小时。"

　　四:"我回去就要把自己立的遗嘱撕了! 我现在才真正想开,再不管那些遗产分配的事了。什么这个百分之十呀! 那个百分之五十呀! 我之所以死得这么快,就是写遗嘱给累的。"

　　五:"我这次非要秘书把我孩子们的住房办下来不可。否则我一死就没指望了。"

六："只要得到她一个小时的爱，就足够了！"

七："我想利用这时间，写一篇真实的作品。我一辈子都是挤着一只眼写东西，这次要睁开一双眼睛了。只担心这一小时太短了，不够用。"

八："是啊！一个小时太少了。我活着时，是有希望出国的。只要能出国转一圈，开开眼，这一生也就算没白来了！"

九："我就想知道李四的胖老婆，生的是男孩儿还是女孩儿。虽然他样样超过我，但如果他这次来个女孩儿，李四家绝后，我这辈子的气儿就顺了！"

十："我要不浪费每一秒钟，再拼一下，把我画了四年，仅仅剩下一个人物的左耳朵的那幅画儿画完，死而无憾！"

天神听罢，忽然变了主意。他不想分给每个人一小时了，打算把这十个小时重新分配。他把时间赐给人们时，一向单凭兴趣，没动过脑筋，不懂得时间是有内容和有价值的。但他从此能否改变这个亘古以来就有的习惯？未必！

长衫老者

冯骥才

　　我幼时,家对门有条胡同,又窄又长,九曲八折,望进去深邃莫测。隔街是店铺集中的闹市,过往行人都以为这胡同通向那边闹市,是条难得的近道,便一头扎进去,弯弯转转,直走到头,再一拐,迎面竟是一堵墙壁,墙内有户人家。原来这是条死胡同!好晦气!凡是走到这儿来的,都恨不得把这面堵得死死的墙踹倒。

　　怎么办?只有认倒霉,掉头走出来。可是这么一往一返,不但没抄了近道,反而白跑了长长一段冤枉路。正像俗话说的:贪便宜者必吃亏。那时,只要看见一个人满脸丧气从胡同里走出来,哈,一准知道是撞上死胡同了!

　　走进这死胡同的,还有一些小商小贩,为了省脚力,推车挑担串进来,这就热闹了。本来狭窄的道儿常常拥塞,叫车轱辘碰伤孩子的事也不时发生。没人打扫它,打扫也没有用,整天土尘满巷。人们气急时就叫:"把胡同顶头那家房子扒了!"房子扒不了,只好忍耐;忍耐久了,渐渐习惯。就这样,乱乱哄哄,好像它天经地义就该如此。

　　一天,来了一位老者,个子矮小,干净爽利,一件灰布长衫,红颜白须,目光清朗,胳肢窝夹个小布包包,看样子像教书先生。他走进胡同,一直往里,可过不久就返回来。嘿,又是一个撞上死胡同的!

　　这位长衫老者却不同常人。他走出来时,面无懊丧,而是目光闪闪,似在思索,然后站在胡同口,向左右两边光秃秃的墙壁望了望;跟着蹲下身,打开那布包,包里面有铜墨盒、毛笔、书纸和一个圆圆的带盖儿的小饭盆。他取笔展纸,写了端端正正、清清楚楚四个大字:此路不通。又从小盆里捏出几颗饭粒,代做糨糊,把这张纸贴在胡同口的墙壁上,看了两眼便飘然而去。

　　咦,谁料到这张纸一出,立刻出现奇迹。过路人刚要抄近道扎进胡同,

一见纸上的字,转身就走,小商贩们即使不识字,见这里进出人少,疑惑是死胡同,自然不敢贸然进去。胡同陡然清静多了。过些日子,这纸条给风吹雨打,残破了,胡同里的住家便用一块木板,依照这四个字写在上边,牢牢钉在墙上,这样就长久地保留下来。

胡同自此大变样了。

它出现了从来没见过的情景:有人打扫,有人种花,有孩童玩耍;鸟雀也敢在地面上站一站。逢到一夜大雪过后,犹如一条蜿蜒洁白的带子,渐渐才给早起散步的老人们踩上一串深深的雪窝窝。这些饱受市井喧嚣的人家,开始享受起幽居的静谧和安宁了。

于是,我挺奇怪,本来这么简单的一举,为什么许多年里不曾有人想到?我因此愈加敬重那矮小、不知姓名、肯思索、更肯动手来做的长衫老者了……

不设防

王 蒙

我有三枚闲章：无为而治、逍遥、不设防。"无为"与"逍遥"都写过了，现在说一说"不设防"。

不设防的核心一是光明坦荡，二是不怕暴露自己的弱点。

为什么不设防？因为没有设防的必要。无害人之心，无苟且之意，无不轨之意，无非礼之思，防什么？谁能奈这样的不设防者何？

我的毛笔字写得很差，但仍有人要我题字。我最喜欢题的自撰箴言乃是"大道无术"四个字。鬼机灵毕竟是小机灵。小手段只能收效于一时。小团体只能鼓噪一阵。只有大道，客观规律之道，历史发展之道，为文为人之道，才能真正解决问题。设防，只是小术，叫做雕虫小技。靠小术占小利，最终贻笑大方。设防就要装腔作势，言行不一，当场出丑，露出尾巴，徒留笑柄。设防就要戴上假面具，拒真正的友人于千里之外，终于不伦不类，孤家寡人。

不怕暴露自己的缺点，乃至敢于自嘲，意味着清醒更意味着自信，意味着活泼更意味着真诚。缺点就缺点，弱点就弱点，不想唬人，不想骗人，亲切待人，因诚得诚。不为自己的形象而操心，不为别人的风言风语而气怒，不动不动就拉出自己来往自己脸上贴金。自吹自擂，自哀自叹，自急自闹，都是一无所长毫无自信的结果，都实在让人笑话。

从另一方面来说，不设防是最好的保护。亲切和坦荡，千千万万读者和友人的了解与支持，上下左右内外的了解与支持，这不是比马其诺防线更加攻不破的防线吗？

之所以不设防，还有一个也许是最重要的最根本的原因：我们没有时间。比起为个人设防来说，我们有更多得多、更有意义得多的事情去做。把

事情做好,这也是更好的防御和进攻——对于那些专门干扰别人做事的人。

因为不设防是不是也有吃亏的时候——让一些不怀好意的小人得逞——乱抓辫子乱扣帽子呢?

当然有。然而,从长远来说,得大于失。虽失犹得,不设防仍然是我的始终不悔的信条。

笑而不答

王　蒙

肚脐

说是最近最时髦的服装之一是女孩子们穿的"露脐装",穿上一件紧身上装,与下装之间露出一带风光,风光的核心景点是肚脐眼儿。

老王在电视屏幕上也看到一些舞蹈表演,女艺术家的肚脐也是露出来的。

老王小时候只记得父母常常在洗澡的时候帮助他或者教导他注意洗净肚脐,从来没有想到过这里有什么好看。

真是赶上了做梦也梦不到的日子!

唉,我们这一代人是多么傻呀,连欣赏肚脐的美丽都不懂。

他入浴的时候看看自己的肚脐,实在没有觉得有什么好看,他的第一个反应仍然是要注意洗净。

大概美女的肚脐是美丽而且特别洁净的吧,而我辈一些糟老头子,不长肚脐也罢。

有一回,他又在看电视屏幕上的舞蹈表演,忽然发现,一位著名的女舞星,她虽然穿着露脐装,却硬是看不到肚脐。

老王大惊,是不是有的人不长肚脐呢? 他产生了疑问。他请教了许多人。许多人认为他不应该问这样的问题,这有失他的身份。也有人告诉他肚脐是人们在母体里、在出生前摄取母体的营养的通道,因此不可能不长肚脐的,除非他或她没有被怀上。还有人说估计是那位有身份的舞星不愿让人看到自己的肚脐,也可能她的肚脐受过伤、做过手术之类,故而采取了一

些举措,把它遮蔽上了。

但老王一想到一位他喜欢的舞星看不到肚脐,就不由得感到非常难过,至少是不安,乃至于羞愧难当。

可疑

老王的一位亲戚经过长期的国外生活,叶落归根,回到故乡定居。他很喜欢说的一句话就是"可疑"。

一位老友患脑血栓,好不容易抢救过来了,没有留下太大的后遗症。此公听别人劝说买了一把木头刀,每天早晨起床练刀,说是这样可以劈开血栓。看到年近古稀的大个子练习儿童玩具式的木刀,亲戚说:"我觉得他的智力有些可疑。"

公园清早,一群妇女健身,一个又一个地弯腰从胯下作取物抛扔状,同时大喝一声:"咳!"……亲戚说她们的"智力可疑"。

街头绿地种植了一批灌木,所有的灌木又都修剪成大小圆球状,而盛开的花木分成一畦一畦,如同小白菜。亲戚说,这种设计者的智力太可疑了。

所有的学龄儿童都上学,所有的学生都在老师提问的时候作出齐唱式的统一回答,亲戚评论说,这种教学方法未免有些可疑。

所有的药店都卖补药,所有的男女老少都需要补钙补锌补金银铜铁锡……补维生素从 A 至 E 补脑补肾补精补血补免疫力,进补的人有一些个是罗锅腰罗圈腿斗鸡眼癫痫头疤瘌眼。亲戚说怎么这么多可疑的补药啊。

老王渐渐觉得亲戚是太可疑了,而且不仅仅是智力。

一件小事

铁 凝

十五岁那年,我很迷恋打针,找到母亲一位在医院工作的朋友作老师,向她学会了注射术。

自从我学会了打针,便开始期盼眼前有病人,不论是家人还是外人。我备齐针具,严格按照程序一次次操作。一天,有位邻居来找我,说她每天都要去医院注射维生素 B12,我若能为她注射,便可免去她每天跑医院的麻烦。

我愉快地接受了她的请求。

这位邻居本是天津知青,因病没有下乡,大约在天津又找不到工作,才到我们的城市投奔她的姨母,并在一家小厂谋到了事做。她好像是那种心眼儿不坏,但生性高傲的姑娘,学过芭蕾,很惹男性注意。这样的邻居求我,弄得我心花怒放。

每日的下午,我放学归来,便在我家像迎接公主一样迎接我的病人。一连数日,事情进行得都很顺利,我的手艺也明显的娴熟起来。熟能生巧,巧也能使人忘乎所以乃至贻误眼前的事业。这天我的病人又来了,我开始做着注射前的准备:把针管、针头用纱布包好放进针锅(一个小饭盒),再把针锅放在煤气灶上煮。煮着针,我就和病人聊起天来,聊着小城的新闻,聊着学生的前途。不知过了多久,我才突然想起煤气灶上的事。

有句很诙谐的俗语形容人在受了惊吓时的状态,叫做"吓出了一脑袋头发",这形容正好用于我当时的状态。我已意识到我受了很大的惊吓,那针无疑是大大超过了需煮的时间。我飞奔到灶前关掉煤气,打开针锅观看,见里面的水已烧干,裹着针管的纱布已微煳,幸亏针管、针头还算完好。

我不想叫我的病人发现我被吓出的"一脑袋头发"和这煮干了的针锅,装作没事人似的,又开始了我的工作。我把药抽进针管,用碘酒和酒精为病

人的皮肤消过毒,便迅速向眼前那块雪亮的皮肤刺去。谁知这针头却不帮我的忙了,它忽然变得绵软无比。我一次次往下扎,针头一次次变作弯钩。针进不去,我那邻居的皮肤上,却是血迹斑斑。我心跳着弄不清眼前到底发生了什么事,但注射的失败是注定的了。这实在是一个大祸临头的时刻,唯有向病人公开宣布我的失败,我才能尽快从失败里得以解脱。我宣布了我的失败,半掖半藏地收起我那难堪的针头,眼泪已噼里啪啦地掉下来。

我的邻居显然已知道背后发生了什么事,穿好衣服站在我眼前说:"这不是技术问题,是针头退了火。隔一天吧,这药隔一天没关系。"

邻居走了,我哭得更加凶猛,耳边只剩下"隔一天吧""隔一天吧"……难道真的只隔一天吗?我断定今生今世她是再也不会来打针了。

但是第二天下午,她却准时来到我家,手里还举着两支崭新的针头。她像什么事情也没有发生过一样,微笑着对我说:"你看看这种号对不对,六号半。"

这次我当然成功了。一支新的六号半针头,这才是我成功的真正基础。

许多年过去了,每当我因为一件小事的成功而飘飘然时,每当我面对旁人无意中闯下的"小祸"而愤愤然时,眼前总是闪现出那位邻居的微笑和她手里举着的两支六号半针头。

许多年过去了,我深信她从未向旁人宣布和张扬过我那次的过失。一定是因了她的不张扬,才使我真正学会了注射术和认真去做一切事。

抱草筐的孩子

刘心武

　　这个题目,我三十年前在稿纸上用钢笔书写过,因为有别的事打岔,没成文。1981年,我曾到运河边农村一友人家小住,其间目睹了一群割草的孩子们之间的小纠纷。那群孩子里,有个孩子割草割得最多,其余的孩子免不了边割边玩,独他只顾割草。往回返的时候,有几个孩子就不乐意了。因为进村的时候,少不了有大人看见他们一行,表扬那孩子勤奋事小,家长知道了责备自己事大。其中个头最高的那个孩子就命令那草筐装得最满的孩子:"我们背回去,你抱回去!"其余的孩子全都哄然赞同。那孩子就果然抱起草筐,跟那些背着草筐的孩子一起回村。那段路相当远,抱草筐的孩子用力抱着那满筐的草,身子后倾,汗珠子掉地上摔八瓣,脸憋得通红。其余的孩子一会儿赶到他前头说风凉话,一会儿故意落后背着草筐乱吼乱唱。我那天正好在草坡上画完水彩写生,收拾好画夹等物品,随着观察了一路。进村时,那抱草筐的孩子引出村口大人们的称赞。他将草筐放到地下时,我见他一路上牙齿已经快把嘴唇咬破。其余的孩子则一哄而散,各自将不满或仅半筐的草背回家里。我当晚就跟留住的朋友说,我要写篇散文《抱草筐的孩子》,赞颂那孩子的韧性与耐力,而且预言,这孩子今后必定比其余那些孩子出息大,"嚼得菜根,百事可成",也无妨说成"抱得草筐,百事可成"了。

　　这篇散文那时未能写成,今天却在电脑上用键盘敲击起来。我三十年来写的小说多是都市生活,这个素材一直没有利用进去。三十年的岁月风云,早把我这一记忆消磨殆尽。要不是前几天坐出租车,"的哥"主动唤出我的名字,跟我攀谈,也不会写出这么个题目的文章。"的哥"当然是从电视讲座节目里跟我先"重逢"的。他提起当年我在运河边画水彩画的情景。那时他们几个割草的孩子还凑到我身边围观,挡住了光线,我让他们散开别来打

扰。他说那时他就听学校里的老师提到我的名字,一直记住没有忘,以后在晚报上见到署这个名字的文章,就觉得是"熟人",愿意"喽兮喽兮"(北京方言,"看看"之意)。他讲起那天一群孩子里只有一个是抱着草筐回村的。我就端详他,难道他就是那抱草筐的孩子?当年十来岁,如今四十啷当岁,不惑之年了啊!他看出我的眼神,笑了:"我不是抱筐的,我是背筐的。是我挑头逼他抱回去的!"我不由叹道:"你就是那个个头最高的坏小子啊!"他嘿嘿地笑:"正是洒家。"我不免问起那抱草筐的孩子,一定大有出息了吧?他叹口气说:"您绝对想不到,我们那一群里,独他混得最糟。前两年陷入传销陷阱,让人勾引到外地差点回不来家;这阵子又赌博成瘾……您想象得到吗?您说,他原来品质比我们都好,怎么长大成人以后,倒混不出个样儿呢?我们这些'坏小子',虽说没有当官的、发大财的,总还都有了份比较稳定的营生,过上了比他健康、安全的生活……您学问大,您给解释解释,可别拿'人都是会变的'那样的话来忽悠我啊!"他把我送到目的地,我也答不出来,只是发愣。他留下手机号码,希望我以后还坐他的车。

现在回想,就有三十年前不曾有过的思绪。当年那孩子面临那样的局面,他完全可以抗拒。就算其余孩子对他群殴,他奋力反抗,也无非弄个鼻青脸肿(且不说我可能会及时介入,回村后更会有明理的大人出来主持公道)。再说他也可以坚持要求大家一起抱筐回家。他是太容易被人控制了。人在群体中难免要受控,但这控制的"游戏规则"应该是所有参与者共同来制定,而且应该"世法平等",各人自觉遵守契约,不能强势者例外。这样想来,他成年后为传销的邪魔控制,又在经济困窘中被赌局控制企图一夜暴富,也就并不奇怪了。亏得当年我没有写出那立意为表扬他忍耐力的文章来。我祈盼他的生活尽快归于正轨。我也为三十年过去我能有对那小小一幕人生场景有新的思考而欣慰。人性深奥,文学应是对人性孜孜不倦的探究。就人性深处的弱点而言,自己有时候是不是也是一个"抱草筐的孩子"呢?

没用的故事

刘心武

公园长椅上，一位母亲疲惫地仰靠椅背，身边是竖着的提琴盒，她拼命抑制自己，却还是把养神变成了沉睡。儿子坐在她身旁，另一边是一个大画夹子。儿子轻推母亲，母亲没有反应。他跳下长椅，四面张望，仿佛一只小鸟，想飞，却不知道往哪边飞好。

那是星期天中午，公园里人不多。一个老爷爷恰好散步到那里，一瞥间，老爷爷意识到，这对母子肯定是上完了上午的特长班，还要赶下午的特长班，因为家住得远，所以只能到这公园里来小憩一下。

小男孩就要拔腿跑开，老爷爷轻声叫住他："小弟弟，别跑远了！"

小男孩仰头望望老头儿，似乎在说你管得着吗？我要能飞，飞得老远老远才好哩！

老爷爷指指长椅上的东西："别让人顺手牵羊呀。"

小男孩歪歪头，意思是：哼，都让人拿去才好哩！

老爷爷笑了。他把小男孩引到对面花丛中的甬道上，指着那些花跟小男孩说："你把最美丽的一朵，找出来吧！"小男孩问："那有什么用呢？"老爷爷说："不是为了用。你能找吗？"小男孩就找，他指着一朵，快活地宣告："那朵那朵那朵！"老爷爷点头。两只蓝喜鹊唧喳叫着，掠过花丛，飞到那边大柳树上去了。老爷爷说："你知道它们为什么这么高兴吗？因为那边湖里，新来了一对野鸭。"小男孩问："野鸭能给它们什么好处？"老爷爷眯眼俯看小男孩，小男孩仰起的脸上，一双黑眼睛很亮。老爷爷就让小男孩跟他坐到甬道上的没有靠背的石凳上，隔着花丛，斜对着小男孩母亲打瞌睡的那个长椅。

老爷爷说，他要讲些故事，不过这些故事没什么用，也给不出什么好处。老爷爷讲了起来，小男孩开头精神不集中，可是，没多久他就听得入了迷。

"后来呢?""还有呢?"小男孩正缠着老爷爷,那边他妈妈忽然惊醒过来,先是左右一望大惊失色,然后就跳起来锐声叫喊他。

小男孩回到他母亲身边,那位母亲不由分说拍了他脖子两下说:"晚啦晚啦,快走快走!"母亲背起提琴,小男孩背起画夹,匆匆往公园外头走去。

一个多月过去。又是个星期天中午。公园附近派出所来了个报案的母亲。她一个肩膀上挎着提琴,另一个肩膀上挎着画夹。她哭着报告儿子丢失的情况:上午带儿子去提琴老师那里上完课以后,到麦当劳吃午餐,准备休息一下以后,下午好去美术老师那里上课。为了防止自己犯困,她还特别要了一杯咖啡;谁知到头来自己还是趴在小餐桌上睡着了(以前是吃完麦当劳以后到公园里去休息,后来觉得公园里的安全性不如快餐店里,没想到快餐店里也出问题)……她一把眼泪一把鼻涕地哭诉:每星期六上午是带孩子去补习英语,下午去补习电脑,每到"双休日"她比上班还累,为的还不是这孩子的前途? 没想到孩子根本不懂得做母亲的一片苦心(而社会又是如此险恶,拐子竟拐到快餐店里去了)……

她的宝贝儿子究竟哪儿去了? 原来,他和妈妈坐在麦当劳靠大玻璃窗的座位上时,妈妈打盹儿的时候,他忽然看见了那回在公园里遇见的老爷爷正从窗外走过。他犹豫了一下,就溜了出去,尾随着那老人。原来那老爷爷就住在附近的居民楼里,他一直跟着老爷爷进了那楼,眼看他开锁进了自家的单元门。孩子在门外歪头想了想,就踮起脚尖去按门铃。门开了,老爷爷看见他大吃一惊,他大声提出要求:"我想听您讲没用的故事!"

正在派出所里一筹莫展的母亲的手机忽然响了起来,不久就在派出所里呈现了大团圆的场面。当天晚上,那孩子把他记得的那些没用的故事讲给母亲听。母亲惊异万分。为什么这些故事孩子会记得那么清楚? 孩子睡熟后,母亲还在枕上琢磨,一时也理不清头绪。但那些故事里的那些小鸟、云朵、伸长缩短的树影、飘落在湖心的鹅毛、抱着毛栗的松鼠、只露出半个脸蛋儿的狸猫……却分明粘在她的意识上,让她疲惫的心,感受到一种意外的温柔与熨帖……

夏威夷黑珍珠

刘心武

　　姚老师每周三下午来教老伴儿弹钢琴。姚老师虽然上过音乐学院，但主修的是声乐，毕业后分配在乐团合唱队，一唱几十年。六十岁以后，在合唱队排练时兼任钢琴伴奏。老伴儿弹琴只为自娱，姚老师指导她非常得法，两个人很合得来。两年多下来，她已经成了我们共同的朋友。

　　我从美国讲《红楼梦》回来，带回一些纪念品，其中最贵重的是三件首饰，全是在夏威夷买的。一件是绿宝石坠链，给了老伴儿；一件是黑珍珠坠链，送给了姚老师。姚老师开头不收，我就解释说，夏威夷有三宝，一是火山熔岩里开采出的绿宝石，老伴儿最喜欢绿颜色，几件最常穿的衣服，跟这绿宝石坠链很般配；夏威夷的第二宝是黑珍珠，姚老师爱穿灰黄调子的休闲服，配黑珍珠更显高雅；第三宝是红珊瑚，我买回一个珊瑚须尖穿成的手链，留给儿媳妇。我如实报出购买的价格，让姚老师知道那由一颗黑珍珠构成的坠链绝不昂贵，实在只是为了感谢她两年来给我们家带来的欢乐。她听了觉得我确实是把她当做亲人了，也就道谢收下。

　　我和老伴儿都希望姚老师接受礼物后，能马上戴到颈上，但她却收进了提包，而且，下一个周三来我家，虽然还穿着一袭灰黄相间的服装，却并没有戴我送她的那黑珍珠坠链，而是戴了一串白珍珠的项链。我和老伴儿交换了一下眼色，没说什么，心里都有点疑惑。难道她忌讳黑色？

　　姚老师指导老伴儿练了约一小时琴，大家就坐到餐桌边喝下午茶。我注意到，她那串白珍珠项链，品相一般。三个人闲聊，不知怎么就聊到了一位仍在电视上露面的著名资深歌唱家，老伴儿就感叹，说那么多唱歌的，能有几个达到那样的知名度啊！姚老师就说，那是她大学同学，毕业以后跟她一起分到合唱团，是一个声部的。老伴儿就直率地问姚老师：您是不是挺羡

慕她啊？姚老师说："为她高兴。一点儿不羡慕。"讲起当年情况，来了苏联专家，让合唱团的人一人独唱一曲，合唱团几十个人，足足唱了三天，专家也听了三天。本来，这样做是为了把合唱水平提得更高，没想到专家却从中发现了一个男中音和两个女高音，认为是三颗珍珠，值得培养为独唱演员。那两个女高音，一个就是姚老师，另一个就是现在的著名资深歌唱艺术家。我和老伴儿只是听，没提问题。姚老师就笑了。

又喝了一阵茶，姚老师主动接续忆旧，说那时候其实专家对她的潜力更看好，但是，她就是想站在队列里唱合唱，不喜欢站到乐队前领唱或独唱，她把自己的这种想法说出来，大家都感到惊讶。专家通过翻译跟她交谈后，说理解了她，还说，很难得，有这样的歌唱者，从灵魂深处体味到了合唱这种艺术形式的真谛，的确，大合唱是人类走向亲和的一种途径。姚老师说，从那以后她就一直留在合唱队，虽然永远不可能出名，却无怨无悔。"我不想做一颗单独闪光的珍珠，我总觉得，一颗珍珠还是跟别的许多颗珍珠穿成链条，更有意思。"

在姚老师再一次来教琴前，我和老伴儿多次放送她赠我们的 CD 听，那是她参与的合唱演出的录音，我们原来提不起兴致听，现在却如闻天籁。

姚老师再来时，戴了一条完全由黑珍珠穿成的项链，我送她的那一颗，在正中间。她没问我们好看不好看。我们也没用语言去评论。确实，我们理解了，有的珍珠，是永远喜欢跟别的珍珠穿在一起的。

蛮师傅

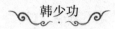

韩少功

　　莫求带着两个村干部,来到我家言不及义地东拉西扯,喝茶,抽烟,翻翻桌上的报纸,看上去无事不登三宝殿,但又迟迟不入正题。

　　最后莫求犹犹豫豫地说:"到山上走走,如何?"

　　走就走吧。

　　他们显然不是拉我去观光。

　　爬到蕉冲和梅峒之间的大岭上,走完一截新泥翻滚的路坯子,正题才出现在前面。原来公路开挖到这里以后,碰到了前面一个陡崖。往左边挖吧,坡度不大,但可能遇到岩层;往右边挖吧,没有岩层,但必须远远地绕路减坡。他们不知下一步如何才能省工,要我来做个决断。

　　我吃了一惊。开路这样的大工程,他们既无测量也无设计,一个瞎子也想摸上天? 或者说,他们迈开两脚就是测量,摸摸脑袋就是设计,一部挖土机挖到哪里算哪里,再来一次土法上马"大跃进"吗? 怪不得他们不久前闯下大祸。一台推土机一步踩空,几个筋斗翻下山去,把竹林哗啦啦压倒一大片。莫求当时脸色惨白,叫一声"娘",差点晕了过去,好半天醒过神来,要大家赶快下山,说人肯定是没有了,但有只手,有只脚,都要捡回来,到时候请万裁缝拿针线连一下。

　　没料到那一次居然老天保佑,司机不但没死,而且毛发未损,从砸瘪了的驾驶室里钻出来,拍泥打灰,还是大活人一个。

　　翻车没翻出教训,倒翻出了更大的贼胆。他们把推土机卸成几块,嘿哟嘿哟分头搬上山,胳膊大腿一凑,耳朵鼻子一拼,又成了一台推土机,又要继续开工。

　　几双眼睛盯着我,只等我一言定乾坤。

"老韩你读书多。"莫求递来一根烟,"你说说,这条路到底应该往左还是往右?"

"我如何懂得这一套?"

"你连外国都去过,什么路没有看见过?你就不要谦虚了。"

"这不是谦虚,是我真的不懂。"

"你当过主席的人(莫求知道我当过什么协会的主席)……书都写了好多本,还不比我们的水平高?还不比乡政府贺麻子的水平高?"

我没法让他明白,读书人并不万能,就算当了十个鸟主席,也没法设计出公路。这事还是只能去找路桥设计院。但我后来明白,我这样说也是犯傻。他们虽然一直自称蛮电工、蛮木工、蛮砌匠、蛮司机,但蛮心也有七窍,对工程设计一事岂能不懂?只是手里少了钱,就没法去懂,只能装不懂。莫求对我说,他们从各方筹集来的资金总共才六万多,若去找设计院,连半张图纸都买不回,修什么屁路?

我们沉默了很久。最后,我也只能跟着他们蛮干。我提议大家在林子里再钻一遍,把两条路线实地再勘察一下,但愿最终能达成共识。在太阳下山之前,我们总算重新会合了。我脸上被草叶割出好几道血痕,衣衫也被汗湿了个透湿。这还不算什么。最倒霉的是老贵,被马蜂蜇了一下,哇哇大叫,眼泪双流,在林子里狗一样钻来钻去,说要捉住那只马蜂来"原汁化原毒"。但这一切代价仍未换来共识,合议时还是有的要往左,有的要往右,一堆蛮师傅,谁也不服谁。

太阳已经落山了,天色渐暗。这种神仙会不宜再开下去,起码老贵的蜇伤也痛得他受不住。事情还是回到了原点。莫求盯着我:"你说说看,挖哪边?"我心一横:"左边!"反对方没有吱声。

"你们硬要我唱戏,就不准往台上丢草鞋!"

那是当然,那是当然。他们都这样说。

"好马不吃回头草,是团狗屎也要吃了它!"我又补上一句,权当是在荒山野岭上再当一回主席。

我的"会员"们纷纷说:左边就左边,狗屎也要吃了它!

后来的事实证明,这个方案确实是半团狗屎:开挖遇到的岩层,比估计的要硬得多,费了我们好多人工和炸药。一次山体崩塌,还差点闹出人命。好在一俊遮百丑,公路总算通了,大家也就不再说什么。至于另一些方案会不会是狗屎,会不会是更大的狗屎,因为未能实施,就没法验证。

但有一条基本上可以肯定：如果久拖不决，如果空谈坐等，等有了大钱以后再找设计院按部就班——那我们什么也干不成。那样的话，我们看上去多了一些科学，其实一定是更可笑的狗屎。

事故之后

❧韩少功·❧

有个村庄的两个后生惨遭大祸。一个电工,一个帮手,架设电线的时候,不知为什么突然"啊呀"一声,双双翻倒在水田,水淋淋的身体抽搐不已。

有人怀疑他们违章操作。有人怀疑另有第三者肇事,比方说在配电间贸然合闸。到最后,几乎所有人一口咬定了供电公司:施工前缺少培训,施工时没有监督,材料质量也可疑……总之供电公司应对死者负责。当时公司总经理把汽车停在村口,不打算进村了。村民们将汽车团团围住,七手八脚要连车带人抬进村去,抬到惨兮兮的灵堂前去。他们一开始并没想到什么钱,但既然时逢丧礼,狗屁总经理对死者看都不看一眼,鞭炮没有放一挂,祭幛没有送一条,撒腿就想走,实在太没人味儿,是可忍孰不可忍!

掀了它!掀了它!开个铁乌龟来吓哪个?有人冲着汽车大吼。如果不是村干部及时赶来,人们的扁担和锄头还要砸在车上。

总经理只是不想惹麻烦,但不合人情的躲闪犯了众怒。也许正是这一点使舆论全面恶化,使他陷入了是非难辨的泥潭。人们异口同声要求供电公司对事故负责,相干和不相干的恶语都一齐砸过来。加上死者的亲属在场号啕大哭,人见人怜,人见人悲,妇人们泣声纷起,急得总经理满头大汗,钻地无缝,插翅难飞,捐出了两百元还不够,向所有人赔笑脸还不够,最后只得答应承担责任,一咬牙,给两家各赔十二万。

到了这一步,乡长才及时地出现,连声说自己来迟了,来迟了。劝退了几个吵闹的后生,然后接总经理去吃饭,算是压惊和联谊。

我知道这件事的时候,灵堂里的调解已经完成。但这算什么调解?我私下里已隐隐约约知道肇事的第三者是谁。这就是说,肇事者并没有承担责任,供电公司却在相当程度上代人受过。在全面推行法制建设的今天,这一结果大可奇怪。

贺乡长对我说："是不是有人肇事，这不难查。但查出来又如何呢？他赔得出二十多万吗？赔不出。查来查去的结果，不但要毁掉两家人，还要毁掉第三家，你说是不是？"

他的意思是，肇事者家里也太穷了，经不起罚。而受害者的家里呢，如果没有补偿，就只能讨饭。

"但事实总归是事实……"我支吾。

"事实是：现在三个家都有了活路，有什么不好？"

"那供电公司是不是有点……"

"你是说冤枉？是有点，但他们放点血，也是九牛一毛，不过是酒楼里少埋几张单，麻将桌上少点几个炮。你还不知道他们？"

我无话可说。我以前只知法度的重要，但眼下不得不承认，法外有法，非法法也。山民们心目中自有一套更为重要的潜规则。这种规则在后果与动机之间更关注动机，比如考虑到肇事者并无恶意，因此需从轻发落；在死者与生者之间更关切生者，比如考虑到两家遗孤都要活人，那么补偿就比查案更重要。他们还怀恨供电公司赚得太多，太容易，太霸气，这次切不可放过。这一切算计如果不是颠倒黑白，至少也是颠倒主次，活脱脱造出了一个假案。但山民们认为此事办得天理昭昭无可置疑，他们不约而同不假思索地胡言乱语，乡村干部也不约而同不假思索地两面三刀，反正是要逼供电公司掏银子——何况公司也不是完全没有责任。

我不大能接受这种胡来和恶搞，但三个贫困家庭（受害两家加肇事者一家）由此免了灭顶之灾，在没有工伤保险的情况下能继续活命，又不能不说是各种结果中最让人心安的结果。我能说什么？

事情就这样过去了。村民们对结局一派欢喜。

有人说："他们死得好啊！你想想看，一没有吃药，二没有打针，三没有动刀子，什么苦都没有吃，就像一觉睡过去了。这种死法哪里去找？"

另一个说："哪里死了呢？明明还活着啊！老人还由他们养，堂客还由他们养，连娃崽的学费也还是由他们出，只是家里少了一个影子。没关系的，同外出打工差不多。"

还有一个更是无限憧憬："我下次一定要给供电公司打工去！上吊也要挑棵大树不是？跳河也要选条大河不是？"

东一句，西一句，事情就真的这样过去了。

领着自己回家

艾 苓

曾和儿子玩捉迷藏,找不到我时他天真地问:"妈妈,我自己在这儿,你在哪儿呢?"

我在藏着的地方忍不住笑了:"妈妈在这儿。"

他当然找到了我。后来常想到那次游戏,他说"我自己在这儿"是真的,我说"妈妈在这儿"也是真的,我没说"我自己在这儿",表述相当正确,因为虽然"妈妈在这儿","我自己"却未必"在这儿",人并不总是和"自己"在一起。

下班的铃声和当年放学的铃声一样准时,大家总集体起立,收拾好报纸文件,关窗,锁门,告别,回家。

有一天,也没什么特别的原因,铃声响过后我一动没动,大家一一地询问:有事?

我糊里糊涂点点头。

大家善意地叮嘱:别太晚了。

我笑笑。

我独自留下来,我不知道我要做什么。办公室一下就静悄悄空荡荡的,我有点不适应,便故意清了一下嗓子,声音竟大得吓了我一跳。过了一会儿发现,我居然什么也不想做,只是觉得疲乏,只是想静静地坐一会儿罢了。

夕阳走进来,树的影子也走进来。我前面的墙变成了舞台。在忽明忽暗五彩斑斓的舞台上,树影婀娜,摇摇曳曳,翩翩起舞。

一场影子的舞蹈。

一场没有音乐伴奏的舞蹈。

一场上演了许久我却第一次看到的舞蹈。

夕阳开始鸣金收兵了,演员们也开始有秩序退场,边退边舞。

演出结束,我便很自然地站起身,想鼓掌,想发表评论,快乐得像只春天的鸟,总想大声鸣叫。

镜子里出现一张脸,生气勃勃,热情洋溢,还带着些傻气。是我。又不是。最后认定:是丢了很久的那个“自己”。

“自己”是什么? 我们一度习惯了听口令的生活,齐步走,一二一。

那时的“自己”很见不得阳光,要么藏起来,要么扔得远远的。

口令一解除,这个世界变得越来越热闹,越来越精彩,越来越充满诱惑。

在这个充满诱惑的世界上,有时“自己”是付钱时钱包里的一枚最小的硬币,不小心被带了出来,啪地落在地上,大家该忙什么忙什么,理都懒得理它;有时“自己”又成为一枚筹码,权衡再三,然后以相应的价钱出卖给人家。

某一天清晨,如果由一位社会学家来清扫街道,他会发现,和丢掉的垃圾一样多的是“自己”。

“自己”究竟是什么?

是受伤时抚平伤口的一只手。

是内心深处常常发问的一种声音。

是彼此相知又总被忽略的一位朋友。

是没有任何伪装也不设防的另一个“我”。

是我们的灵魂。

在一起的时候,我们有时会讨厌“他”的多嘴多舌,一旦丢失或丢弃了却很难找回来。

下班铃再响,我就一直留了下来。

一位同事开玩笑:有约会吧?

我恍然大悟。不错,我有约会,与“自己”。

不再只看墙上的舞蹈,偶尔也听风,听雨,最经常的是读上一个章节的书,或随便写点什么。

蓦然回首,散落在角落的碎片已悄悄聚拢成“自己”,坐在我身边,乖乖地守着我。

天已经黑下来,该回家了。我知道。

锁门,下楼,骑车,还要拐趟菜市场。我也知道。

但我不知道如何安置"自己"。

不远处有我的家,那是我栖息的地方,我的亲人都住在那里,我的灵魂却无法居住。

我不知适合灵魂居住的家在哪儿,我要去找。

总有一天我会对"自己"说:跟我走吧,我们回家。

有些经历别人无法代替

艾苓

上课的时候,学生的变化常常会狠狠地撞我一下。反正撞的是眼睛,前面有眼镜挡着,我总装做若无其事。

某个男生的头发会突然开花,像刚爆出的爆米花,满满一头卷儿。

某个女生会突然变脸,肤色变白,嘴唇变红,睫毛变长,眼影重重的。

我若无其事地上课,心里暗暗地笑。

只有一次,我没忍住。正准备上课的时候,我发现七八个男生剃了光头,看看窗外还是春天呢,我不知道这样的光头怎样抵御"乍暖还寒"。我轻轻笑了笑,他们也笑,有的同学哈哈大笑,笑过,我们若无其事地上课。后来听说有个男生失恋了剃了光头,寝室的兄弟随后集体剃了光头,以示声援。

说真的,我喜欢他们,包括他们的突然变化和不变。这种时候总会想起一位学长,想起当年的自己。

二十几岁的时候,我曾经迷恋化妆,希望平平常常的自己也能美丽起来。可是我们太穷了,我买不起漂亮衣服,我能够找到的美丽武器,只有结婚时买的唇膏、眉笔,后来妹妹送我的小盒眼影。涂唇、画眉比较简单,用眼影的时候我要费一番心思。穿红色上衣,我一般用红色眼影;穿绿色上衣,我就用绿色眼影;穿藕荷色上衣,我就用藕荷色眼影。如果上衣的颜色在眼影盒里找不到对应,我就用灰色或者咖啡色眼影。

我看见镜子里的自己美丽起来,嘴唇更红了,眉毛更黑了,眼睛看起来更大了。化妆完毕,骑破车上班,在家与学校之间,在一个接一个的穷日子之间乐颠颠穿梭。

有一次聚会,五六个大学同学凑到一起。那位学长看了看我,似乎很吃惊,他说:你怎么还化妆? 真难看! 以后别化妆了!

当众受到打击,我觉得好没面子,没好气地回应:我喜欢!我愿意!

像是跟他赌气似的,我继续化妆,又坚持了几年。几年以后,看到别人把眼皮涂得浮肿了一样,眉毛文得又粗又重,劣质唇膏挂在齿间,我才把眼影盒偷偷扔了,眉笔和唇膏也很少用了。

前些天回老家,和那位学长说起这事,说起我的学生,我们都笑。他说,青春本来就是最好的化妆品,你偏偏化妆,就给遮住了。

我说,我现在并不反对女人化妆,但生活妆的最高境界应该是,没有雕琢的痕迹,化了妆跟没化妆一样。

这些感受我从没跟学生说,是不必说,我们的曾经毕竟替代不了他们的现在。张扬,叛逆,弄巧成拙,是每个人成长的必然经历。

擦干净自己的鞋

艾苓

　　擦鞋的时候总会想起母亲。母亲离我越来越远，想起母亲的时候也就越来越多。

　　母亲是个干净利落的女人，快七十岁的人了，鞋上总是一尘不染，她爱穿白色丝袜，脚下的白丝袜总和她头上的白发一样干净。

　　年轻的时候，母亲在砖厂做家属工，推水坯，一车车水坯从早推到晚，身上早已是一身灰土。那时候，她没有换洗衣服，无论多累，晚上都要把衣服洗出来，晾好。第二天早晨，母亲又清清爽爽地上班了。

　　可是不幸，父亲是个邋遢人，三个哥哥在这一点上很像父亲。和邋遢作战，母亲身单力薄。恰在此时，母亲迎来了她的第一个女儿——我。小时候，我还是她的帮手，帮着扫地刷地擦柜子整理衣物。可我们家的邋遢势力太强大了，刷了半天才刷干净的红砖面，转眼就有了黑脚印；一点儿一点儿整理好的衣柜，第二天就乱套了。我实在懒得做这种无用功，很快从这场争斗中撤退，留下母亲孤身一人，与父亲他们斗智斗勇。

　　母亲最想不到的是我的"堕落"——长大以后，我竟成了邋遢女孩。不知从哪天起，我开始丢三落四，常用的东西总是找不到，母亲被我翻得不耐烦，一出手就把东西找出来。我出门之前，母亲常拎着木梳追出来，在我的短发上匆匆梳两下，一边梳一边说："一个女孩子家，头不梳咋能出门呢？"

　　一旦遭遇爱情，女孩子会有很多改变，遭遇了爱情的我，也让母亲松了一口气。但她显然不是特别放心，结婚时特意送我一套组合家具，每次来我家，她都先到家具上摸一把，看看我被改造的程度。最初的检查结果，母亲很不满意，她举着手上的灰尘说："看看，又该擦了。"

　　我赶紧汇报："我一周彻底擦一次。"

母亲说："那怎么行？家具得天天擦。"

我很聪明地对付："东西我都放里面了，外面我又用不着，天天擦它多麻烦呀。再说，他都同意了，你就别管了。"

母亲不再多说，找到脸盆打上水就开始擦。我只好举手投降："我来我来，你歇歇吧。"

我很快有了经验，母亲一进门，我立马动手收拾房间。后来，即使母亲不来检查，我也习惯了花费点时间，把房间收拾得利落点。

有一次母亲来，我带着她里里外外看，看我的劳动成果。正等着母亲的夸奖，母亲却盯上了我门口的鞋："你的鞋多长时间没擦了？"

"有几天了。"

"上面一层灰，赶紧擦擦吧。"

我还想抵赖："求求你别看了。现在的人，往上面看还看不过来，谁还有时间低头看我的鞋呀？"

母亲也不争辩，回手就拉开抽屉，要亲自动手。我赶紧找出刷子和鞋油，乖乖地"自力更生"吧。

母亲看我老老实实地接受改造，很开心："把鞋擦干净了，穿上试试。"

穿上焕然一新的旧鞋，我第一次知道什么叫"足下生辉"。

母亲说："姑娘你记着，脸不是人的脸面，谁有粉都往脸上擦。看一个人是不是真干净，看他的鞋就行了。"

小姑子从我家出嫁那天，一大早我就忙得晕头转向。迎亲的车马上就到了，母亲突然跟我说："你的鞋还没擦呢。"

我哈哈大笑："今天新娘不是我，谁看我呀？"

趁我不注意，母亲找了条抹布，弯下腰就开始擦。看到母亲白发苍苍的头顶，我的眼泪险些下来，慌忙抢抹布，母亲却没撒手，她说："耽误不了你啥事，再来两下就完了。"

2001 年春，我离开母亲，到另一个城市工作。毕竟离得不远，可以常常回去看她。

今年年初，母亲又随小妹去了河南，离得更远了。

想母亲的时候，我习惯了擦鞋。擦鞋的时候，往事历历在目。我没告诉过她，我的鞋如今有多干净。我却经常告诉自己，像母亲希望的那样做吧，擦干净鞋，走好每一步。

会说话的人

陈　毓

　　把我们村子的历史往回翻八百年，村里出过一个宰相，往回翻三百年，出过一文一武两个状元。好，就停在三百年这一页吧，因为从这一年开始，村子被命名为文武台。这段历史直接滋养了文武台后来人的清高，不管走多远，提起自己的来处，就忍不住想要说一段村史。

　　时间淙淙如水似的行到当下，在当下村里名声最鲜亮的，是李旦和李旭。李旦以能言善辩能说会道著名，李旭呢？蹲监狱了。这么好的风水民风，却也出像李旭这样的人，村人是熟悉种庄稼的，因此也不以为怪，可不正如稻田里长稻子也长出了水葫芦吧。水葫芦可以一拔了之，李旭呢？那是人，是祖坟埋在一片土地上的同宗，当然不能像对待水葫芦那样简单粗暴。

　　德高望重的德林叔想到了能言善辩的李旦。

　　李旦在城里打工，除了年节，很少回村，但是李旦说，从文武台走出去的人都应该明明白白留下自己的痕迹，因此号召村里去外面务工的青年，不管去哪里，都要在德林叔那里留地址，告明去向。喊李旦回来自然容易。德林叔嘱咐在城里上中学的孙子阿明按地址一找，就见了。

　　阿明只说爷爷找李旦回去有要事相商。

　　李旦请了假，回文武台去。

　　李旦当天下午就又坐上返回城里的长途公共汽车了，怀抱着一腔救人于水火的肺腑之言。

　　李旦立即答应了德林叔的请托。他为自己没有及早意识到还要让德林叔来叫感到羞愧。

　　"你是会说话的人，你的话有劲，我只相信你。你就把你要对李旭说的话演说一遍给我听听。"毕竟是面对一个在监狱里的人，德林叔也许还是有

点紧张。

"正蒸馍呢,德林叔,你要我早揭锅盖了!"话虽如此,李旦还是开腔了。

德林叔,你放心,古人云,话有三说,巧说为妙。要巧说,还得知道对方心里是个啥? 要是对方心里装着火,你就不能给他泼油,要给他釜底抽薪,再给他清水,把火滋灭,光滋灭还不行,还要给他心里那片被火烧秃了的地方培新土,使他润了,再长出新绿。你看监狱的报纸都要叫《新岸》、《新绿》,就是这个理。

我嘛,我对李旭的诉说要分三步,中国的改革开放就是分三步走的,虽说李旭的事情没法和改革开放这么大的事情比,可有些理是准绳,能一通百通的。

第一步,我说:"好你个李旭,文武台近三百年来的大名声,咋就让你一个人给占了呢? 你改写了村子有史以来单一发展的历史,丰富了村史的色彩,使'耕读传家、童叟无欺、路不拾遗、夜不闭户'的村训成了诳语,了不得,哥们儿,天才啊,我咋就没想到呢? 我也是想出名的,很想,但是,我没有想到盗窃这条路,你比兄弟我有才。"

然后我要停住,沉默,做出苦思冥想状。我在干什么呢? 我在等李旭的反应,等他脸上出现又恨又悔的表情。这样的表情要保持最少两分钟。

第二步,我忽然声色俱厉,声音也要高出两度,我说:"全村十八岁到二十八岁的青年有三十八个,如果他们都学了你,那这个村子比发生九级地震还震动人,村子最好把名字改了。别叫文武台了,要不地下的祖宗会爬出来说话的。就算我们不顾死了的祖宗,活着的祖宗呢? 你把他们的屁股放在火上烤呢,你爷自从你被捕,饭吃不下,连水也喝不进,我硬是答应了他说我保证你还能学好,会在那个地方好好表现,会靠自己的手脚把自己重新打理干净。我跟他比喻说,只当你是掉到坑里了,但是你能爬出来,爬出来你往后会爱惜脚边的平坦路。

"你爷肯定还是相信你的,我说这话他看着我的嘴,不住地点头,就像看着你在说话,他都快八十岁了,你早点出去,还能陪他一阵子。"

德林叔,这时候我要歇下来,缓一口气了。让李旭慢慢流泪,到差不多的时候,我要掏出一块出产自我们村的棉布手帕给他擦眼泪,手帕是我这次回家春妮送给我的,没想到第一回用,却是给李旭擦眼泪,也罢,认了,谁让我们都姓李,春妮也姓李,春妮不会生气的吧。

好了,男儿有泪不轻弹。我到这个时候再次改换语气,对李旭轻言轻语地说:"阿娇托春妮让我捎话给你,说自从她听到你的消息,她整个人就像是正开花的一棵苹果树让人给挪了窝,唤不起精神来。她还让转话给你,说等过了阴历年,她就去你以前打工的那个厂子打工,她说那个厂子的门朝东朝西你最清楚。她说你送她的那个草编戒指是她看着你编的,干净,有干草的香气,她很喜欢的。她还说,她不会来看你,你啥时候见她,你自己想办法走到她面前。"

这个时候我料定旺旺的火苗子就会在李旭眼中升起来,我最后要像拉家常那样对李旭诉说。我说:"俗话确实是说得好啊,不做亏心事,不怕半夜敲门声。我每天打工回到宿舍,收拾收拾睡到床上,浑身都是疲惫的舒服感觉,头一挨着枕头就睡着了,听见隐约的警车鸣笛,我联想到的,不会是'逮捕——逮捕——'这样惊吓人心的嘶鸣,是'锅盔——锅盔——'的美好联想,我在梦中想起我娘烙的金黄锅盔,我流口水了,你别笑话我。"

德林叔,我就对李旭这样说,你听听咋样?

猎人的早餐

陈 毓

他坚持说我的前世是个猎人，一个以猎物为生的人。我哈哈大笑，说你倒像个哲学家。

我给他讲我的梦。我说在我年轻些的时候总是梦见自己行走在一条不知起点不知终端时没时现的山径上，其实有没有路真是说不准，我觉得有路，是因为我始终在走，能走就说明有路吧。我的头顶，太阳努力穿过树叶照进来，使林中升起光霭，身边一两声幽隐的鸟鸣衬出树林的静谧。梦中我也不像现在的我，我的装扮连我自己都觉得陌生，我不知道我从哪里来，要到哪里去。我是个身份不明的人。

你梦见的是你的前世，那时候你是个猎人。他淡淡地笑着，对我说。

这怎么可能呢？我可没过过一天像你这样的生活。你不正是猎人么？见他这么认真，不由得我也认真些。

正是这缘故我才晓得你的前世是个猎人么。他再次坚持说。

那我要到哪里去？

走山。你看，你不是说来就来了么？

走到哪里？

走到山里。猎人永远都是走在山里的。走到山外，那就不是猎人了。

我看我最好不要再在这个问题上跟他争执了，我只是偶然滞留在这个过时了的，活得寂寞如他不愿离去的山林一般的猎人简陋屋舍里的一个过客。

两天前，我因为在登山途中崴了脚，偶然滞留在猎人的木屋里。我的同伴把我交给他时说，他们下山回返的时候会来这里接我，让我安心休养。我的脚崴得很厉害，但猎人安慰我说，等我的同伴回转来时，我一定跑得像山上的麋鹿一样快。

他没说大话。他采来草药,敷在我肿痛的右脚腕上,当天下午,燃烧在脚背上的火苗就跑掉大半。猎人说,睡一晚,如果我愿意,我就能跟着他去打猎了。

第二天,我在鸟雀的吵闹声中醒来,耳畔碎银一般明亮的鸟鸣声更璀璨了,阳光透过猎人没有窗帘的窗子射在我眼睛上,晃得我睁不开眼,真是一个奇异的陌生的早上。

我的脚步已经算得上轻盈了,我催促猎人,我说今天跟你去林子里转转吧,我很久没到真正的森林来过了。猎人咧嘴笑:你想要打到野鸡? 山兔? 鹿? 还是狼? 猎人的语气像是说,整个群山都是他的花园,我想要剪一支玫瑰? 雏菊? 还是蔷薇? 全凭我的心思了。我说,能得到一只山兔我就很知足了。可以煨一锅汤,我太饿了,这两天一直没有好好吃东西。但猎人在这天早上唯一做的一件事,就是用埋在火塘里的火种点燃一些劈碎的拌子,使屋子温暖起来,顺便用那火烧开水罐里的水,猎人给我递上一碗茶,而后又递过一大块锅饼,把一碟咸盐和两根青椒放在我够得到的地方。他走到我的对面坐下,像我的镜子似的,我看他掰一小块锅盔探进茶碗里泡一泡,递进嘴巴,抿住嘴唇,吞下那块泡软了的饼,这样的动作重复几次,就用手指撮过辣椒,咬开一小口,蘸点咸盐在开口处,放进嘴里再咬一小口。看着他手里那块锅饼小下去,再小下去。我确信这就是我能得到的早餐了。我喝掉茶,再去倒一碗茶,然后学猎人的样子,吃我的早餐。

如果是在早先,我会给你好点的吃食。他的语气不是歉意,是平淡。

好点的吃食是什么呢? 我本想问,又忍住了。好像那些朦胧的理由我也知晓。山林萧索,能怪谁呢。在这里回忆与指责都显得轻飘,何况我看这个猎人根本没有和我追忆的兴趣,他只是孤单,寂寞,也真实着,真实地活在他的当下。为什么不搬到山下? 我只是在心里想了一下,并不曾去问他,山下对他就好么? 如我不可能长久住到这山上一样吧。

吃过了饭,在我给他递到第三支烟的时候,他努嘴说要去"那边"割柴火。一条水流清澈的小河边,那堆成一堆堆的柴薪大概就是我没到来前猎人的作为,是不是晒干了储备给他的冬天? 也许是吧。猎人看我看那片灌木与藤草,指一下远处的那片松树林,说,树林人少去,明年的菌子会长得大些密些。

我躺在一捆干草上晒太阳,在丁冬水声中蒙眬睡去。醒来。又睡去。

晚饭时分，我想起我的背包，从山下带来的野外用品塞得那包圆滚滚的，我倒出里面的瓶瓶罐罐，一一开启，在地上摆了一大片，我说我请客。晚饭不用做了。猎人也不谦让，从床下摸出一酒瓶，找来两只碗倒上，我们就坐下吃喝。只是吃喝，不问彼此。我现在才发现，猎人到现在也没问过我的职业，我的家庭，我从哪里来这样的话，你不说他就不会问及的沉默里，有份叫我起敬的东西。我忽然领悟了这个猎人身上难得的沉静，这使他走出我心存假象的卑微。使他的样子在我心里明亮起来可敬起来。

肯定醉得彻底，因为我从未有过如此深沉的睡眠，醒来后，脑子像是用清水洗过似的清亮。

你终于醒了。猎人站在门边看着我说，我都等你一个又一个的时辰了。你再不醒。菌子可要候老了。

猎人看我在门前的河水里洗了手脸，说他有好东西招待我了。

我跟猎人走到一棵桦树后面，我先看见一棵巨大的菌子顶着露珠站在那里。围着那棵大菌子，一片大小相仿的小菌子向四周铺开去。

如下是我经历的，在我看来犹如仪式的早餐。

猎人找来一堆干透的柴火，再找来几片细小的拌子，在离菌子五米远的地方点燃那堆柴火，引燃拌子，而后等待拌子燃尽，直到火焰消散，只剩下一堆火炭。这时候，猎人走到那片菌子边，蹲下，用腰上的小刀先把那颗最大的菌子齐根割下，托在刀片上，捧到那堆红炭上，一棵又一棵的菌子就这样被捧到火炭上，猎人顺势用刀尖刨开菌子，随着吱吱叫声，一股清冽的香气腾出来，向四周扩散，吱吱的叫声慢慢变小，菌子慢慢瘦小下去，猎人从怀里掏出纸包，倒出纸包里的盐和辣椒面，直到吱吱声最后消失，火炭从红变成灰白。

随后我们吃掉火炭上全部的菌子。

我们站起来，看见太阳从桦树后面升腾而起。

猎人是有名字的，但他喜欢我叫他猎人。我说，喂，猎人！他会对着我笑，笑出淡淡的安静淡淡的欢喜。

诗人与酒

陈 毓

老马在一家晚报当记者。我俩同行。

但我俩相识,却是缘于诗歌。时间大约在十年前,因参加一个诗人聚会而相识。当时,老马已是一颗诗星,正在冉冉升起,而我也不辞劳苦,勤奋写作,基于此,我们互称诗友。老马后来出过两本诗集,诗集设计大方,装帧精良,那全得益于老马为企业写报告文学的结果。两本诗集之后,老马为他的诗旅打上了"行车至此,请改道"的指标牌。从此,一心一意地为企业家写传记去了。老马说,从前的感觉就像兴碌碌上山,上到半山腰的时候挺不住了,然后又返回到山下,痛苦过一段时间之后,你就会发现山下的生活也挺好的。

也许老马真的生活得挺好的。因为褪去了从前那个黑瘦的老马,新生了现在这个白胖的老马,脸上是一片高天般的宁静,像羔羊般的亲和与良善。

要找回从前的老马,现在只有在酒桌上了。

从前的老马是不喝酒的。虽然喝酒在我们这个城市就像某些城市喝茶一般。去掉了诗情,新添了酒意,老马依旧是朋友链上不可或缺的环节。

酒桌上,我们热爱老马,有亲爱的老马在,这酒就能喝出快乐,喝出盎然的情趣。

嗜酒的老马,日子十有八九是绯色的,于是,关于酒的故事就被演绎了一出又一出。这里捡其一二。

片一:为了那篇感人的传记,赫赫有名的金老板答谢老马。金老板中学时代就梦想着将来当一个作家,可历尽沧桑之后他却成了一个成功的商人,因此他对老马的文章打心眼里尊敬。金老板请老马喝国酒,并请文化界的

几位名流共宴。老马这一次醉得十分彻底，十分地心甘情愿。那真是一次完满的宴会。宴席散了的时候，金老板要亲自送老马回去，可老马就是不肯，说他要独自回去。回去就回去吧，他却又不肯打的，要坐驴车（顺便说一句，驴车在我们这个城市是当做货车用的）。众人无奈，总算为他挡住了一挂驴车，付了款，告知了地址、嘱咐车夫小心送达，便任他驴蹄的的，铃儿叮当地回报社去。眼见着驴车走远，众人哄笑这厮大概想找一回陶渊明的感觉。

笑话出在报社看门的老头那里。驴车到门口，车夫打门，说接你们老马回去。守门老头出来，把四仰八叉横陈在车上的人左瞅右瞧，摇头说："不认得，送错了！"驴车夫坚持没错，守门人无奈，在昏黄的灯光下重新审视，又替躺着的人扶正歪在耳边的眼镜，惊呼：可不是我们老马呀！这事传开来，就成了下次酒桌上的话题，老马却不恼，憨笑道，同乐！同乐！

片二：依旧是老马某次醉酒。老马歪斜着一进家门，就对"老婆"恶声恶气，声称他赚钱养家的种种不易，用的是一半儿控诉一半儿自得的语气。老马的语言如箭镞，箭箭都是裤带以下的位置。放完了冷箭，射手爬上床去，酣然入梦。

醒来，伸手去搂老婆，搂空了，睁眼，惊见丈母娘在对面墙上冲他含蓄地笑，老马惊出了一身冷汗。老马冷汗淋漓地回家，见丈母娘正怒气冲冲地高坐他家客厅，听完老婆声泪俱下的哭诉，老马只剩下两眼发黑，双腿发软的份儿了。

老马醉了狂，醒时却极谦恭，笑眯眯的，一幅看不透望不穿的厚实像。酒醉的事多了，大家就常趁了酒意捉弄他，一次大伙将醉了的老马绑在一棵开花的树上。他索性在那份稳定平衡中睡去，醒了，自己解开绳子，拂落肩上的花瓣，伸伸懒腰，逶迤而去，跟那个"仰天大笑出门去，我辈岂是蓬蒿人"的诗人一样洒脱。

逝者如斯，朋友在老马酿出的愉快里打发着日子。

但老马最近发生了一点意外。

这次肯定又是在老马醉后吧，否则他不会一个人在冰天雪地里卧那么久。我们这个城市的冬天是那样寒冷，以至于每个冬天都有几桩牧羊犬救护醉酒的牧羊人的故事传为美谈。可老马怎能连孤独的牧羊人都不如呢，否则在那样的寒夜里，怎会没有一只牧羊犬去救护他，任由他一个人醉卧在冰天雪地里？这一夜的代价是老马的一只脚，他的一只脚被冻在了水沟里。

老马再次走在路上的时候就跛了。跛了的老马迅速地黑瘦下去，像是回到了过去，仿佛他有魔法随心让时光倒流。

现在没人再敢劝老马喝酒了。老马喝着喝着，就没趣了。大家也都觉得没趣了。于是谁也找不到从前那种感觉了。于是老马说，我走了。

老马就走了。大家望着他的背影，看着他的双肩在空气里划出无数的"Z"字，就都叹一声。

永远的炉果

刘 齐

刘黑枷,新闻工作者,饮食不挑剔,吃什么都行,就是不吃炉果(东北曾经有过的一种大众点心,现已在市面绝迹)。不是不爱吃,是不忍心吃,一吃就想起中学老师徐公振。

徐老师有恩于刘黑枷,不但关照他的生活、学习,而且教育他要正直勇敢,支持他开展抗日宣传活动。当时校园里有几个别着手枪的特殊教官,阴险凶横,对进步学生威胁很大。徐老师不信邪,当面斥责说,欺负学生算什么英雄?有本事对付日本人去!刘黑枷投入新生活时,徐老师赠送一套《辞源》、一件长衫、一笔生活费,又亲自送行至嘉陵江边。

光阴荏苒,转瞬到了二十世纪六十年代,刘黑枷在辽宁一家报社当了领导。某日,忽接一信,信封下角写有"沈阳大北监狱徐公振"字样——原来老师因为说真话,被打成"极右",入了大狱。信中别无所求,只是说他身体虚弱,希望学生买几斤炉果,去看看他。这是相识几十年,老师第一次求学生,求的又是如此简单易行的小事,谁承想,学生特别为难。学生不是小气之人、忘恩负义之人,学生一直在心中装着老师,但心中另有一隅,装着别的一些东西,比如阶级,比如立场。学生此前曾因"其他问题"受到审查,属于"内控"干部,深知政治的厉害,因此更加犹豫不决。都说人心是肉长的,可是进了种种硬东西,人心就有些异样。几次买了炉果,打好包,最终都未成行。

事情悄悄过去,心灵却不肯"告一段落"。从此,学生不吃炉果,也怕听"老师"这个称呼。梦中常见一衰衰老者,在铁窗前遥望,在高墙下等待。

几年后,学生步老师后尘,也失去了自由,没入狱,入的是"牛棚"。内心企盼救援,却独自撑着,无一纸信函给亲友,暗想即使写信,也未必有回音。由此想到老师,倍感凄怆,胸中充满自责。

再过几年，尘埃落定，学生复职，提升，想与老师联络，老师已作古。于是越发不安，偶尔也试图自我解脱：时代使然，大家都那样，换了别人，也不敢去探监。往好里想，虽未拔刀相助，却也未落井下石。再说后来自己同样尝到苦头，算是受了惩罚。如今，时过境迁，天地间只一人知晓此事，自己不说，谁能发现？

越想解脱，越不能解脱，夜里睡不着，拥衾静思，耳畔总像传来老师的声声叹息。终于有一天，学生稳不住了，含泪握笔，写了一篇忏悔之文，题目为《愧见炉果》。写完立刻登报，给所有的人看。文章很诚实，对自己的心灵一再拷问。文章结尾说，有朝一日，学生到了九泉之下，一定向恩师负荆请罪。

这个准备请罪的学生，就是我的老爹，我的慈父，我的严父。去年，他走完漫长的人生道路，真的到九泉之下去了。我屡次设想，他和他的恩师，应该怎样重逢。我曾计划买一些炉果，在盘中码放整齐，供到父亲像前。父亲是无神论者，不看重供品。但这个不是供品，是心，是遗产，是我们家永远的念物。

商店里的糕点琳琅满目，唯独没有炉果。店员说，炉果档次太低，干巴巴的，没人爱吃，早已不生产了。

古铜上身白上身

刘 齐

夏日游西山,在半山腰遇暴雨,天地漆黑恐怖,不时也亮一两下,却更恐怖,是闪电嚓嚓往地面钻,伴着惨烈的炸雷声,不知会劈了哪棵树。但我是安全的,我躲在一家农民开的茶馆里。

深山老林,生意不是很好,一些桌椅摞起来,腾出地方摆杂物,东一堆箱子,西一堆木板,看上去就不大像茶馆。四五个于附近修路的山民也在屋里避雨,他们光着膀子,热热闹闹打扑克。我不好意思白坐,买了两块雪糕,边吃边观战,兼与店主聊天儿。店主姓赵,和玩牌的山民很熟,也光着膀子,脸黑,长相老,我险些管他叫大爷。从前当知青,碰见老农,我们都喊大爷。一问,老赵才四十出头,比我还小。他的手指粗糙,也灵巧,卷一支烟玩似的。点燃,久违的旱烟味弥漫开来,亲切,呛人。

"这一带打雷劈死过人吗?"我问。

"没有。"老赵说。

"林子里有蛇吧?"

"有,可是胆小,人一踩草棵子,它就吓跑了。"

又是一声巨雷炸响,雨幕中有三个小伙子跌跌撞撞地钻进茶馆,全身通通湿透,滴水,但仍不失文雅、清秀、好体形。像大学生,也像公司白领。卸下时髦的、大兜小兜特别多的那种旅行背包,掏出手机、数码相机,检验,没淋着雨,轻置桌上。迅即又拿起,抹一把桌面,无尘,再抹一把,重新放妥。

老赵起身,打招呼,没人应声。走到墙角椅子摞儿那儿,拆出两把送过去,没人坐。老赵不见外,关切地说:"快把小布衫子脱了,拧拧水。"一个年轻人终于接话,却不言谢,只说了两个字:"知道。"

老赵有点讪,退回牌桌旁,给一个老哥支招儿:"你那个二留着干啥?

调主！"

年轻人脱掉 T 恤衫，露出白花花的嫩肉。拧衣服，把水弄得满地都是。拧完坐下，迟疑，似乎找不出适当词语，跟另一侧的人交流，待着没事，但仍旧待着。

我有些遗憾，心说小兄弟，你们平常总窝在城里，难得见一回山里农民，多少得打声招呼啊。你们不必学当年我们那批傻知青，逮谁都叫大爷，张口闭口接受贫下中农再教育。你们也不是杨子荣，无需一进门就唱：老乡，我们是工农子弟兵。然后四下撒目，找水缸，找扫帚，给老百姓挑水扫地。但是，你们总不能大眼瞪小眼，一言不发呀。即使问一问贵姓，也能让空气融洽一点。

三个小伙儿虽不是子弟兵，但也四下撒目，看到灶台旁有一个水龙头，就过去打开，哗哗洗手。老赵听到响动，扭头瞥一眼，没吱声。

雨一直不停，水龙头也不停。小伙子轮流洗完手，改洗上身。洗完上身，洗腿。还好，没把大泥脚伸到池子里，而是双手掬水，哈腰，反复冲刷不已，地上汪的水就更多。这时，老赵又开口了："哎，我说，差不多得了，这儿的水贵，一吨六块钱呢。"

说完，有点不好意思，低声跟我解释，他们那个管子，连的是自家小蓄水池，由别处一桶一桶往这儿运水，用小拖，就是"突突突"一颠乱颤的那种手扶拖拉机。

年轻人仍不搭腔，连"知道"这样简洁的话也不再说，继续洗。

我觉得不大对头，年轻人啊，此刻，我多么希望，你们能像古代进京赶考的潇洒才子，或者时下青少年喜爱的虚构侠客那样，摸出一把碎银子（整锭的纹银更好），往桌上一拍，大大方方抱拳说：店家，多有打搅，在下这厢有礼了。除了水资，再弄一桌饭，好酒好肉尽管上！没有肉？把那个纸箱里的方便面泡几碗也成。

我这么想，虽然比较酷，却似乎有欠公平，我自己才买了两块雪糕，怎么好要求别人大把花钱？但是我的朋友，你们回老赵一句话，省点用水总可以吧？反正回到城里，你们还得洗一遍。现在不时兴上纲上线，往死里分析，但这个事毕竟不同，这好像不是几个钱的问题。

作为一个在乡下待过几年的城里人，我认为，我应该表示点什么，于是，就张口表示，谁知说出来的依然是钱——"你们进茶馆，得消费呀，哪怕买一瓶矿泉水呢。"

一个小伙子瞅瞅我，我晒得黑不溜秋，跟老赵肤色差不多。小伙子说："我们自己有矿泉水。"另一个小伙子说："无所谓，再买一瓶吧。"

三个擦干身子，买水，恢复沉默。杂乱的厅堂里，一群青白色的上半身，跟另一群古铜色的上半身各处一方，既俗且雅，亦动亦静。

雷息，雨弱，一丝丝的，聊胜于无。一个白上身出门，在庭院里转一圈，隔窗唤同伴："快出来，墙根儿那儿拴一条狗，漂亮，黑背，德国种。"

另两个白上身收拾好东西，匆匆离去，未跟古铜上身道别。

很快传来犬吠声，人的抚慰声，是白上身在跟狗合影。

老赵猛喝一嗓子，狗安静下来。

白上身出院，发现树枝上挂一荆筐，筐底垫绿叶，盛红樱桃和黄花菜，还盛晶莹雨珠，极其艳丽可爱。

一白上身驻足，怯生生问屋内："那什么，卖不卖？"

一古铜上身答："那什么不卖，是给我孙子摘的。"

众古铜上身笑，洗牌，旱烟味更凶。

下山路上，远远的，我又望见三个白上身。

他们嬉戏，打闹，青春灵动，一改在茶馆时的窘态。

以眼前的举止推断，他们开朗主动，谈笑自如，间或幸福地大叫：耶——真High！遇美眉，见上司，访网友，相信他们一定善于沟通，妙语连珠。他们甚至会说英文、法文、佛拉芒文，就算欧美的老外全扑上来，估计也能从容应对，广为交际。

天放晴，盘山道水汽氤氲，三个小伙子隐入树丛之中。太阳从西边放光，射向山脚下的京城，有的楼群清晰可见细部，有的楼群一片模糊。

清茗

胡 炎

廖明远和金仕达是大学同学,而且当年同为学生会的高才生。毕业后,两人又来到了同一座城市,巧得很,两人的妻子也是同窗,因此,两家常来常往,过从甚密。

古语云:"千里马常有,而伯乐不常有。"不过,廖明远和金仕达却是幸运的,二人皆有伯乐赏识,十年过去,两人均已是当地县里的一方诸侯了。

一有闲暇,二人还是要见上一面。

廖明远的书房里,裱着两幅字。说是两幅,其实总共也就六个字。一幅是"明、平、清",一幅是"俭、简、检"。

这日,金仕达造访,见他家中依旧陈设简陋,不由咂舌,说:"明远,你这官当得也太窝囊了吧?"

廖明远淡淡一笑,道:"我怎么不觉得,这不挺好吗?"

金仕达撇撇嘴:"你呀……真是不开化!"

廖明远沏了一杯清茶,递给金仕达:"来,喝口水,听我把墙上这六个字说道说道。"

金仕达没容廖明远开口,连连摆手:"打住打住,我可不想听你扯那些三皇五帝。"品了口茶,又把茶杯放下了,说:"你这家伙,到现在还喝这种几十块钱一斤的本地茶,你不嫌掉价呀?"

廖明远摇摇头:"你呀,口刁了。"

廖明远嗜茶,多年的习惯了。茶也不名贵,本地绿茶,泡好了,茶叶舒展得丰润饱满,茶色碧绿清澈,呷在嘴里,满口清新。想当年,金仕达也是喜欢品茗的,只是这些年,不知不觉改了嗜好:饮酒。酒也是高档次的,中国的茅台、五粮液,外国的 XO、人头马等。妻子有次去金仕达家做客,亲眼见到他

家储藏室里华贵的酒橱,还有很多尚未启封的名酒,直看得眼花缭乱。回来跟廖明远说了,廖明远一言未发,只是独自走进书房,盯着两幅字发呆。

廖明远想,得找个机会跟金仕达好好聊聊这六个字。可眼下,机会来了,金仕达却压根儿不愿听。莫非嗜好变了,两人走的路也不同了吗?

"仕达,以后酒还是少喝点,酒多伤身啊。"廖明远移开话题,诚恳地说。

"没事,我扛得住。没听说吗?喝酒看工作,赌博看品质。"金仕达不以为然。

廖明远一叹。

打这儿以后,两人的联系似乎越来越少了。只是廖明远知道,在他们的心底里,那丝根深蒂固的牵念是不会割断的。一年后,金仕达因经济问题被"双规"了。又过了几个月,他被法院判了十年有期徒刑,成了阶下囚。

到底还是来了!廖明远的心很痛。

廖明远特意买了礼品,去探望金仕达。

"明远,我想听你给我讲讲那六个字。"

廖明远愕然了:"现在吗?"

"对,现在!"

见金仕达神色郑重,廖明远同意了,心中却五味杂陈,倘若金仕达早一点有这个念头,该多好啊……

"我先说'明、平、清'吧。"廖明远说,"东汉马融,字季长,先后任过校书郎、议郎、南郡太守等职。他在总结为人处世、居官从政之道时曾说:'在官唯明,莅事唯平,立身唯清。清则无欲,平则不曲,明则正俗,三者备矣,然后可以理人。'这就是'明、平、清'的来历。"

"那'俭、简、检'又怎么讲呢?"

廖明远清了清嗓子,接着讲下去:"清朝有个叫牛运震的,曾任甘肃秦安知县。虽为七品小吏,但他却总结出了一个可贵的官场三字诀,那就是:'俭、简、检',因为俭而不贪能行善政,简而不繁方不扰民,检而不纵可正己身。仕达,为官一方,什么时候咱都不能丢了两面镜子啊,一面是百姓,一面是历史,明白吗?"

"是啊,是啊……"金仕达垂着头,嗓音低沉,突然,他直视着廖明远,问,"那你到底图个啥?"

廖明远站起来,目光深邃:"上不负天,下不负地,倾情为民,无愧于心。至于我自己嘛,一杯清茗足矣。"

德富老汉的最后结局

胡 炎

　　德富老汉给牛喂足草料后，便开始拉上牛去地里做活。在这样一个晴好的秋日下午，干瘦硬朗的农民德富老汉有着很好的心情，他和他多年相伴的老牛悠然地踩着村路往自留地里去，所有的乡野风光看上去都熟悉而亲切，就像他身上的一块深及灵魂的皮肤。沙河依旧在汤汤地流，细密的波纹永无疲倦地揉搓着那轮干净浑圆的日头，麦场上一座座麦秸垛依旧散发着新鲜的麦香。有几条狗在玩着游戏，有一条正值青春的母狗显然已经懂得恋爱了……德富老汉就这样和他相依为命的牛走过了他稔熟的田园风光的一部分，口里喷着辛辣厚重的旱烟，不时很有资格地咳嗽一声……现在，他和老牛已经进入了那片待耙的自留地，走入了他生命中一个至关重要的地方，当然，也是这篇小说的重要场景。

　　这会儿年逾六旬的德富老汉打量着遍布麦茬的田野，温煦的阳光在田野上跳荡，这是个让德富老汉愉快而情意缱绻的地方。德富老汉每当在这片土地上耕种和收割的时候，总能闻到先辈们的汗腥味和臭脚板子的浓郁味道，德富老汉便会陷入一种痴迷，觉得自己正走进一个恒远的梦中。而每每最后提醒他的，还是几声沉实绵长的牛哞，德富老汉觉得牛哞是这世间最美好的语言。

　　德富老汉喷出最后一口烟雾，把长长的烟杆子在地上磕了磕，而后深情地打量着他的老牛。这是一头温顺无比的动物，对于鳏居多年的农民德富老汉来说，它简直是一个宠物，是与他的生命息息相关的一部分。在漫长的岁月中，老牛以它的温顺、沉默和勤劳给德富老汉带来了极大的安慰，德富老汉很难想象假如有朝一日失去了老牛他会是什么样子。

　　这会儿，天上的那轮暖阳正在缓缓西移，为德富老汉的人生烘托着一个

结局前的氛围,这是一种难以言状的祥和,博大而宽厚,具有无比的包容性。当然,这时的德富老汉对此浑然不知。他审视着他的老牛,他发现老牛的眼睛比平常要亮一些,一束犀利的光穿透了他。德富老汉并没有往别处想,他只是感到老牛是越活越精神了。老牛冲着德富老汉点了点头,德富老汉非常满意地笑了。这是他亲自调教出的牛,德富老汉还记得当初买下它时的样子,那时的牛是个烈性子,很难驯服的,德富老汉用鞭子蘸上水好一顿抽,牛哆嗦了一阵,便再不敢耍泼了。在以后的日子里,德富老汉细心地照料着日渐衰老的牛,夏扑虻蝇,冬披棉褥,虽然还时不时要抽它一鞭子,牛也是毫无怨言的,只是更加肯卖力气。德富老汉想这牛是通人性的,它晓得打是亲骂是爱呢。

德富老汉向他的牛走去,开始为它套上耙犁。德富老汉右手攥住了鞭杆子,说:

"伙计,该干活了。"

秋日的下午一片静寂,德富老汉看到阳光在田地里流溢,金灿灿的很合他的意。在田野的东北方约十五米处,就是德富老汉先辈们的坟茔,草木丛密十分气派,德富老汉想这会儿先辈们也许正看他耙地呢,他是他们的后辈,是铁打的庄稼汉,不会丢他们的人。德富老汉向往着在这片田野上画上一个圆满的句号,而后到先辈们的中间去聆听他们对他这个后世子孙的评价。那评价一定是不赖的,德富老汉想。德富老汉曾为自己设计过几种结局,一种是寿终正寝;一种是正在田里做活便蓦地倒下,永远融入泥土,和先辈们一块扎根在这里,看世代沧海桑田,看自己的后辈们犁地;还有一种最美满的结局是和他的老牛一块静静地老去,相拥辞世,永不分离,为那边的列祖列宗们牵去一头有情有义的牛该是多美的事!……总之,这三种结局都让德富老汉坦然,这是一个温馨的境界。

德富老汉吆喝了一声,德富老汉的吆喝今天显得格外尖锐,划破长空,阳光也在震荡中轰鸣。阔大的田野渗进了德富老汉的声音,使德富老汉显得十分凸兀而伟大。但是牛站着纹丝不动,好像根本没有听见德富老汉的吆喝。德富老汉感到了某种蹊跷,他又吆喝了一声,整个秋天的下午被他的吆喝声撕开了一条口子,但是牛仍然无动于衷。德富老汉觉得忍无可忍了,他为老牛今日的反常举动大为不满。"畜生!"德富老汉骂了一声,气急败坏地奔到牛头前,劈头盖脸地抽下了鞭子……

这个秋日的下午在这里开始定格,德富老汉走进了他最后的结局。就在德富老汉的鞭子抽在老牛脸上的时候,老牛猛地往前一冲,将德富老汉顶在了地上,然后,老牛前腿跪在德富老汉的腹部,用尖硬的犄角挑开了德富老汉的喉咙……

几乎无人可以接受这个结局。德富老汉血肉模糊的身体被送进了先辈们的中间,只是那头老牛被亲戚们打死后并未送去陪伴德富老汉,而是被剁成块分给村人吃掉了。

秋日一派祥和。

大能人

胡 炎

都知道,陶老大是个大能人。

陶老大住在明珠城市花园,那是个有档次的住宅区,住在里面的人,都是有些钱的。陶老大前些年做过生意,料是有些积蓄的。有了钱,陶老大就把生意转了,对人说:"人活一世,草木一秋。钱多少是个够,不操那个心了,享受生活。"

平日里,登门求助陶老大的人,总是隔三差五地来,带些好烟好酒,有的还送红包。送红包的人,自是有底气的,红包里的大钞,不会少于五张。陶老大也不客气,照单全收。他说:"这年月,智慧无价。信息社会嘛,什么最金贵? 创意!"

陶老大的脸上,很是有些得意。

陶老大的点子多,一眨眼不是一个点子,而是一串。不管你有什么问题,陶老大都从容自若,眯起眼,脑袋一晃,然后从那架斯文的眼镜后射出两束智慧之光。如此这般,稍加点拨,求助者立即心领神会,大叹高妙。

有一样,陶老大出点子,不害人。比如有人开饭店,竞争不过对手,陶老大不会出那些诸如故意往人家饭店放脏物或者搞毁谤之类的下作主意,而是在特色、人气上下工夫。陶老大问:"那家店主要经营什么?"来人答:"海鲜。"

陶老大说:"你呢?"

"也是海鲜。"

陶老大点点头:"海鲜吸水,食者易渴,你可配些粥品,另每菜以水果点缀,取名要讲究,比如蟹王摘桃;虾仙贺寿之类。还有,店名也要改一改,就叫润粥海鲜馆。人图什么? 就图个滋润。"

来人一试,果然大见成效。

当然,人有三六九等,出入于陶老大门庭的,有官,有商,也有布衣百姓。陶老大倒没什么身份歧视,一概接待。一次,来了个中年人,挺瘦,营养不良的样子。陶老大说:"有什么事,尽管说。"

中年人哭丧着脸:"前些时让人骗了,给我两百块钱假币,花也花不出去,真叫人心疼。""哦,是挺闹心的。"

"不光是这个呢!"中年人说,"今天又接到了一个请帖,让我去参加他儿子的婚礼。那人我仅仅是认识,平常又没什么交情,这不是逼着我给他凑份子吗!"

"你不去就是了。"陶老大不以为然。

"不行啊,老伴说再怎么也是个面子——这个冤大头我是做定了。"

陶老大突然笑了:"这事好办。你用红包包一张假币,既送了人情还赚了一餐。留下那张,下次用。"

中年人一拍脑门儿:"我怎么就没想到呢? 好,好,一箭双雕。"

看中年人高高兴兴离去,陶老大也很开心,扯开嗓,唱了段京戏。

这年,陶老大的儿子有了难处。儿子逢着一个机会,能争取到一个很有实权的位子。儿子把位子看得比命还重,他有太强的政治抱负。而要争这个位子,就得给上司"表示"。陶老大说:"花多少钱? 老子出得起。你说,多少?"

儿子摇摇头:"要是这样就好了,事情没那么简单。"

"怎么说?"

"这个上司就喜欢一样,收藏,尤其爱收藏古董。"

"这有何难? 去文物市场买几件就是。"

"一般文物和仿制品,上司根本不入眼,这方面,他内行得很。"

陶老大也犯愁了:"那怎么办?"儿子说:"我问你呢,难得住别人还能难得住你吗?"是啊,他陶老大何时作过难呢?

"除了这条路,就没别的法了?"陶老大说。

"没有!"

陶老大蹰了半天步,也没什么主意。一个大能人,居然也有山穷水尽的时候。

儿子一咬牙:"盗墓!"陶老大的脸白了:"那是先人留下的东西呀,你疯了!"儿子说:"顾不了那么多了。"

　　陶老大到底妥协了,尽管他反复掂量了这件事的风险,可他还是妥协了。他就这么一个儿子,视如珍宝。他不忍心让儿子受屈。陶老大吸了几支烟,下了决心:"这事太危险,咱不能出面。我出钱雇人,成败都是天意了。"

　　文物拿到了,警察也上门了。陶老大把事情都揽在了自己身上。全城人都知道,大能人栽了。法院审判时,法官让陶老大做最后陈述。陶老大仰天一叹:"哎,我是聪明一世,糊涂一时。人再能,也不能丢了良心。报应啊!"

　　所有的人都看到,陶老大的眼睛里,流下了两行晶亮的泪水。

一只羊其实怎样

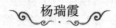

杨瑞霞

对于我来说，我的生命无意中为我存留了一些印迹，一些人或者事情，另外，还有一只羊。

在我七八岁的时候，家里有过一只羊，是一只绵羊。

它肯定是在很小的时候被买来的，可我完全不记得它小时候的样子。在我的印象里它是一只很大的羊。它健壮、肥硕、高傲、沉稳，一副成年人的模样。在我小的时候，我分不清一个人和一只羊有什么本质上的不同。我把它当成是家里的一口人，而且是一个大人。当时粮食很紧张，父亲42元钱的工资，养活全家6口人。在这种情况下，一只羊能长成那样的特例，除了一家人——当然包括羊在内的相濡以沫之外，似乎不可能再有别的什么解释了。

我家的这只羊，在我的思维定式尚未形成时走近了我，我没有那些现有的经验，所以我觉得它所有的作为都浑然天成，非常自然。

首先，它决不逆来顺受。当然，如果确实是它错了，它会沉默着听你教训；可是如果错的是你，是你无缘无故地欺负了它，它不会善罢甘休，用现在的话说，它是一定要讨个说法的。

记得有一次，我二哥牵着它去地里吃草，二哥当时的思维还沉浸在头天晚上看的电影《地雷战》里。他捡了一根棍子，叉开腿对羊做了一个日本鬼子劈刺刀的动作，同时喊了一声"八格牙鲁"。他太轻视一只羊有可能对这个动作做出的反应了。绵羊当时发了一下怔，不知它头天晚上是不是也和二哥一起看了那场电影，反正它当即判断出这个动作所具有的侮辱性。它把头一低，义无反顾地冲了上去。二哥见它来势凶猛，吓得转身就跑。它在后面奋起直追，一直追出三四里地。最后二哥向它举手投降，它才和二哥和

好如初。

还有一次，邻居家的小伙子在手心里放了很少的一点干粮渣，然后非常夸张地招呼它。它不想辜负别人的好意，走了过去。等它弄明白发生的事情，它选择了轻蔑地离开，在离开的过程中却又出乎意料地转身给了正在得意的那小伙子一个教训，使他记住了捉弄一只羊会得到什么样的报应。同样它的行为也导致了围观者的一片大惊小怪。是呀，一只羊怎么可能有这么强的自尊心呢？怎么可能张扬自己的个性呢？

在一个风雪交加的夜晚，一向沉默的它突然放声大叫，低沉的声音表达着一种焦虑。父亲出门一看，原来大风吹开了院门，家里刚买的那只半大山羊跑出了院子。是大绵羊的警觉使家里避免了一笔不小的损失。所以你同样也没见过会看家的羊吧。

另外还有它的聪明，它的聪明不但让幼时的我觉得非常神秘，即使到今天，我还感觉到几分诡异。

有天中午，我妈有事出去，把羊关进了羊栏，还在羊栏的出口处挡了一块菜板，把我关进了屋里，然后锁上了院门。和羊单独相处的时候，我从不敢擅自到它跟前去，所以我一个下午没有出屋。后来大概羊和我一样等得不耐烦了，要不就是它想知道我在做什么，只听哐当一声，羊抵开了菜板自己把自己放出来了。然后它直奔房门，用头一下下撞门。我知道它是过来找我了，我当时的反应是赶紧找个地方藏起来。于是我撩起床单，钻到了床下。过了一会儿，听不到撞门声，我从床下探出脑袋朝外瞅，忽然看见大绵羊正把前腿搭在外面窗台上，贴着窗子朝屋里张望。可能是它的脸太长了，影响了视线，它竟然把头侧过去，用一只眼紧贴窗玻璃，所以它的姿势和表情看上去都格外怪异。我在这只羊的窥视下绝望地哭了起来。

当初买这只羊，肯定是要养大后卖掉补贴家用的，可它的种种不同凡响，让它一次次拖延了离家的时间。然而一只羊的最后结局总难摆脱，那是它的宿命。而对于我来说，与它相处的经历，则是一种缘分。

我想，如果有一天，我碰到一只羊，它非常体面地走过来，用流利的汉语或者英语同我打招呼，我会很自然地同它交谈，而且一点都不会觉得奇怪。

因为在我很小的时候，我就已经知道了，一只羊其实是怎样的。

老站舍里的老鼠妈妈

杨瑞霞

很久以前，我在一个小镇上的火车站工作。

小镇很小，不多的一些房子散落在公路边上。老站舍离铁道很近，每当列车呼啸而过，躺在床上能感觉到床铺的颤动，但这些并不影响小站夜晚的安静，它从来就是小站的一部分，而且因为习惯了，也并不打扰我的睡眠。

但是有一天半夜时分，我突然被惊醒了，惊醒我的是一种我不熟悉的声音，而且我断定这种声音一定是来自于某种小动物。那种异常的声音是从我的单人床的床头柜里发出来的，那里面放了不知是上几辈子行李员用过的旧表格之类的东西，很久没有清理过了。

醒了之后，我没有动，侧耳细听，里面传出来的时而是细微的响声，时而是叽里咕噜的稍大的响声。我想，床头柜也藏不下大型怪物，于是大着胆子敲敲床头柜的门，警告里面，安静点，我在睡觉。敲过之后，响声消失了。可是那种惯常的安静刚保持了一小会儿，没等我睡着，响声又起来了。如此折腾了几次，我睡意全无，索性起床，开了灯，蹲在地上，打开了床头柜的门。

我手里拿着一把生炉子用的铁火钩，从床头柜里往外扒拉那些旧表格、登记簿，还钩出来一个旧椅垫。正在这时，一只老鼠飞快地从里面跑了出来，还没等我看清楚，它就从后门下边的缝隙处消失了。这时我才发现那扇厚重木门的下面似乎多出了一个小洞口。

我一向厌恶老鼠，这只老鼠的突然现身，让我感觉心里很不舒服，而就在这时，床头柜里又游出一条三尺来长的蛇，也从门缝处遁去。幸好我不是很害怕蛇，否则我半夜三更的失声尖叫，听上去一定很吓人。

这时，我才明白床头柜里原来正在上演一场鼠蛇之战。行李房的后门通向小站的后院，小院的下面是公路，再远处是无边的田野。外面的世界这

055

么宽敞,它们为什么要到床头柜里去打仗呢?真搞不明白。

随着老鼠和蛇的撤离,战争平息了。我开始把扒拉出来的东西放回床头柜,准备收拾完了,接着睡觉,可就在这时我听到柜子里好像还有动静,很小很碎的,像是小动物的叫声,又像是纸片撕裂声。因为担心里面不知还隐藏着什么不同寻常的活物,我决定对床头柜进行一次彻底的清理,反正这一晚上的觉我也不打算睡了。

我把火钩伸到最里面,这次扒拉出一堆纸屑棉絮,而随着纸屑棉絮一起出来的,竟然是四只小老鼠。

小老鼠看来刚出生不久,粉红色的小身子,很嫩。从床头柜的窝里一下子掉到了冰冷的水泥地上,显然很不适应,闭着眼睛吱吱叫着在原地打转转(说它们闭着眼睛,是我猜的,没看那么仔细)。

我稳了稳神,脑子里开始盘算处置它们的方案。首先想到的是马上把它们消灭掉。可是以什么罪名捕杀它们呢?老鼠作恶多端,人人都知道,但眼前这四只小老鼠刚刚出生,什么坏事还没来得及干,一副清白无辜的样子。我真是有点下不了手。

那么就采取另外一种方案。刚才逃走的那只老鼠,无疑是这四只小老鼠的妈,刚才柜子里的响声,无疑是它们的妈妈为了保护孩子在和蛇进行搏斗。而正是我的出现,才使得它不得不舍弃了刚搬好的新家仓皇出逃,不得不遗弃了自己的孩子……照此推理,我似乎应该对这四只小老鼠的生命安全负责。可是谁会养小老鼠呢?

我甚至还想到了外勤值班员老于说过的一个偏方,把没长毛的小老鼠装进瓶子里,用香油泡上,在地下埋上几年,再挖出来,治烫伤非常灵验……

正在我胡思乱想的时候,一个意想不到的情况出现了。那只逃走的老鼠回来了。

它先是在门缝那里试探了几次,见我对它的出现没有什么反应(实际上我已经让那几个小东西给弄蒙了),便径直来到我跟前,叼起一只小老鼠,很麻利地顺着原路跑了出去。过了不大的工夫,它又返了回来,照原样又叼走了一只。眨眼之间,我眼前的四只吱吱乱叫的小老鼠就变成了两只。

当时行李房亮着一百多瓦的灯泡,我就蹲在那儿,那只老鼠在我的眼前几番跑进跑出,我连它身上的老鼠毛都看得很清楚,而我的手里还握着那根铁火钩,生炉子的时候,我常用它敲开那些大块的烟煤,现在我只要一出手,老鼠登时就得丧命。可是当时的情形是,铁火钩并没有落下去,老鼠也好像忘记了害怕，或者根本就是我怕它。

　　紧接着，那只老鼠又第三次返回，并叼走了第三只小老鼠。于是我的眼前就只剩下了最后一只，还在那儿光着小身子盲目地叫着爬着。

　　忽然我有些生气了，光天化日之下（虽然是晚上，可电灯很亮），这只本该胆小如鼠的老鼠竟然如此大胆，公然在我的眼皮子底下，解救走了三只小老鼠，当我不存在吗？再说老鼠从来就是人类的公敌，平时人们想逮它都逮不着，而现在我却如此轻易地放过了它们，简直是天理难容。不行，不能太便宜了它。于是，我从废纸里捡出一个牛皮纸信封，把最后一只小老鼠装进去，把封口折了一下，然后放到原地。

　　这时那只老鼠又返回来了，并且很快判断出最后那只小老鼠就在那个信封里。它先是围着信封转了几圈，然后用嘴叼起信封的一头，在地上拖着往门口拉，到了门缝那儿，信封被挡住了，老鼠试了几次也没能弄出去。我往前挪了一下脚步，想看清楚一点，被老鼠察觉了，它丢下信封，从门缝钻出去，跑了。

　　也许它决定放弃了，或者它是去搬救兵去了。我正想着，那只老鼠却又回来了，还是像刚才一样，叼着信封使劲在门缝那儿折腾，还试图用牙把信封咬开，反正看它的架势是无论如何也要把它最后一个孩子带走。这时，我有些不忍心了，伸过手去，拿起信封，把困在里面的小老鼠倒了出来。我这样做时，那只老鼠就躲在一边惊恐地看着，小老鼠刚一落地，它就跑过来，把小老鼠叼上，飞快地溜走了。

　　那天的后半夜，我没有睡着，以前没注意过夜里竟然有那么多的列车从小站上通过。忽然想到听妈妈说过，我出生那年，父亲正在这个小站当扳道员，他是跑通勤，下白班没有通勤车回不了家，就睡在老站舍后院的休息室里。妈妈说，那年的雨水很大，蚊虫肆虐，父亲把他的单人蚊帐拿回家，把我放在里面。那些被蚊子重重包围的夜晚，他是怎么过来的呢？

　　…………

　　后来我离开了小站。很多年没再回去过，现在小站已经被拆除了。

人性隐污

郑兢业

　　为躲避一个令人不快的访客，三天来，我活像一个地下工作者，整天屋门紧闭，窗帘密掩，心烦意乱地演着"空城计"。我已打定主意，"警报"不解除，就是老天爷来敲门我也不开。

　　三天前，我得到"麻烦预报"——故乡同学大喜来了封信，说是要来郑州看我，让我先备下两瓶好酒，要和我一醉方休。我对大喜心墙高筑，并非舍不得几杯淡酒，亦非怕他再向我借几个小钱，而是他那卧倒的名声使我避之不及。我回乡省亲的脚印虽然很稀，偶尔踏上故乡故土，也难得和他见面长聊。但从乡人对他片片段段的贬斥讥嘲中，这个中小学同窗的形象，已使我颇为他汗颜。我不认为贫困是一种罪过，但酗酒打牌揍老婆，却是多年来他生活中常开不败的恶花。虽然众人的舌头把他的脊梁骨捣得歪七扭八，我仍难以相信，那个昔日虽然泼顽却很侠气的人，会长进得如此狗屁不是。然而，他在我面前做的两次德行自白终使我相信，他的恶名当之无愧。

　　前年中秋节我回故乡，他向我借钱，说是要买只羊羔喂喂，我给了他七十元。后来听说，他牵回家里的，是杜康和五香羊蹄。去年中秋节，我们又在老家相逢，他又向我借钱，我用冷脸辣言打发他。临走，他梗着一脖子青筋公牛般向我告别："从今以后，我不认识你！"

　　次日，我捏着鼻子找到他家，满足了他头天的心愿。他竟连个感谢的屁都没放，只是蹲在当院水缸上，两手捧着头夹在膝间。

　　我还得知，他的酒风坏得出类拔萃，见酒必喝，一喝必醉，一醉必胡闹横搅。用酒浇他人的头发，让人家的衣袋同他干杯，还算是他"醉态"中的文雅之举哩。因而，他信上一说要来看我，我就烦得眉头直拧麻花。在多种应对之策中，我选择了闭门不见。

时钟鸣过五下，黄昏的来临使我顿感轻松又平添焦躁。天这么晚了，他不会来了，可这如临大敌的日子明天还要继续。我正欲打开录音机驱驱胸中闷气，"咣咚咣咚"，一阵踢门声或者擂门声，震得我心惊肉跳。我的房子关着两层门，仅凭着这远离教养的捶门声，就可断定来者是谁。没错，他在外头大声地呼大名、喊小名、叫外号，我气得暗暗摇头瞪眼。如果说对采取闭门之策拒绝他来访，我心里还有点负疚的话，他这种粗鲁之举，倒使我心里坦然了。

外面终于平静下来，下楼的脚步声渐远终逝。

半点钟后，料想他已远去，我如释重负。穿上大衣，准备上街买点吃的。一开窗，方知天已变脸，朔风挟着暮雪，斜冲横舞，禁不住心头打个寒战。刚迈出门，差点被什么东西绊倒，定睛看去，是个装得满满的带着补丁的布袋。摸摸，里面装的红薯，袋子旁放着一嘟噜干辣椒，一小捆干豆角。我久久凝视着这一切，不觉额头浸出羞汗……

代价

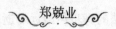
郑兢业

女主人进屋后不经意扫了一眼客厅,眉宇间骤然拧出疙瘩。她恼火地叫道:小凯!

家庭女教师凯歌甩着湿手从厨房出来赔着笑脸问候女主人:你今天下班挺早的。

女主人冷颜冷目地指指角柜质问:花瓶怎么打了?

我问过慧明和明慧,两个小家伙都说不知道花瓶啥时候烂的。女教师接着说,我觉得这事不好向你解释,所以没收拾残局。你不妨再找机会问问孩子。

女主人显然不满意她的回答,愤愤弹出弦外之音:我在暑假请人给孩子补课,足以证明我承认自己的孩子并不特别聪明。但他们却特别诚实,这是我这个做母亲的引以为豪的。你可以把碎片收拾起来,然而,即便再放上一百年,也不可能恢复原样了。

女教师难堪得额头直冒虚汗。她悄声敛气把烂花瓶收拾到一个塑料袋里。

女主人打开窗户,扯着嗓门儿把正在楼下花园玩耍的孪生儿子喊了回来。母子三人进卧室后虽紧掩了房门,凯歌仍能听到窃窃私语声。不用说,是女主人在侦破花瓶案。

当天夜里,待两个孩子入睡后,女主人推开凯歌的住室。她开门见山:小凯,我感到你不再适合做我孩子的家庭教师,明天你就到别处高就吧。按咱们讲定的报酬标准,每天十元。你自己算算,是不是该付给你一百九十元?

女教师眨了眨眼,默然点点头。

女主人掏出钱包，抽出三张五十元票子说：我的那对白水晶花瓶，是一百二十元买来的。让你原价赔偿也不合理，扣你四十元工钱，你看公平吗？

女教师声音虽低，却斩钉截铁：要说公平，你扣我四毛钱、四分钱都不公平。我来的时候，并没有讲定，你的物品损坏了要由家庭教师赔偿。

女主人强压住怒气，尽力使声音低些：我不会荒唐到把家庭教师误作财产保险公司的份儿上，但损坏东西要赔，这可是天经地义。

女教师猛地从床沿儿上站起，又极力克制着坐下，用手抚了一阵心口，辩解道：大姐，你怎么断定花瓶是我弄打的？你是怎么证实的？根据是什么？总得给我摆出理由吧。请相信，我就是再卑微，大学生再贬值，我决不会因为一个小小的花瓶，在我的学生面前丧失尊严，树立推诿说谎的榜样。请相信我的诚实好吗？

女主人低声冷笑后说：我很想相信你的诚实。可是，我若相信了你的诚实，就得怀疑我儿子的诚实。而我对慧明和明慧的诚实坚信不疑，这正是我这个被人遗弃的女人最大的慰藉，最大的骄傲。

女教师低头扼腕叹息一阵慢慢昂起头说：好吧，为了你的慰藉和骄傲，为了保持两个可爱的孩子留给我的纯洁记忆，我答应赔偿花瓶。这个莫名其妙的故事就此画上句号好吗？我还有个请求：除了今天这个不愉快的插曲，近二十天来，我生活得很充实，也很快乐，我很感谢你给了我这个假日打工的机会。今天是星期三，如果你允许的话，我愿意无偿为你家服务到周末，这样，你就有时间比较从容地物色更合意的人。至于以前的佣金，到我离开你家的时候再给我也行。

女主人冷若冰霜的脸被凯歌这番话解冻了。

次日下午，女教师让慧明和明慧在两个房间里做作业，她在客厅里精心编导自己的节目。在她感到圆满之后，悄然走进慧明的房间。她掏出两块巧克力塞到学生手里，亲切又神秘地附在慧明耳边低语：真奇怪，客厅里另一只花瓶也打了，我竟没听到一点声响，你听到了吗？

小脑袋摇了又摇：我啥也没听到，啥也没看到哇！

女教师皱皱眉：这就怪了，我刚去过明慧屋里，我问他看没看到谁把花瓶又弄打了？他说是你。在我下楼取牛奶那会儿，你用鸡毛掸子碰倒了花瓶，"哗啦"一声就打烂了。事情真的是这样吗？如果明慧说的是实情，一会儿你妈下班了，你就该老实承认过失，自觉接受处罚。

慧明听得小脸通红，挥着小拳头辩驳：不是我弄打的，是明慧弄打的！

我去厕所撒尿,隔着门缝……

已经到了做晚饭时间,凯歌并不进厨房,她坐在客厅里随意翻着报纸,看到有吸引力的招聘启事,便动笔抄在本子上。

女主人一进屋,凯歌就向她大声报告:大姐,你看,剩下的那个花瓶也打了。

女主人怒不可遏地大叫:真见鬼! 又是谁干的好事!

女教师说,今天不是无头案,你的两个孩子都是目击者。

两个孩子已闻声而出,争先恐后向母亲报告看到对方弄打了花瓶。一个比一个说得逼真,一个比一个急着洗清自己。女主人听得目瞪口呆,无力地瘫坐在沙发上。

女教师以不容置辩的口气对女主人说:你先别争着为孩子的诚实骄傲,请把十九天的工钱一分不少地给我,我马上要离开这个过于"诚实"的家。

女主人痛苦不堪,如数付了工钱。

女教师把匆匆打点好的行包放在门口,转身从厅柜里拿出一只白水晶花瓶对女主人说:今天并没有谁打烂花瓶,你的两个孩子都是无辜的。角柜上的碎玻璃,是昨天那个烂花瓶的尸体。今天,我讨回公道的做法虽然很不可取,但至少你该醒悟:任何轻信和妄断,都要付出代价的。

农夫与哲学家

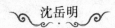

沈岳明

一个农夫去一个哲学家家里做客。

农夫不解地问哲学家："您每天不是读书就是伏案写作,难道不觉得辛苦吗?"哲学家说:"因为我有事业心,所以不觉得辛苦。"

农夫又问:"什么是事业心?"哲学家想了想说:"我们来做个试验吧。只要你按照我说的方法去做一做,就知道什么叫事业心了。"农夫点头答应。

哲学家接着说:"请将你的左手握成拳状,往前伸直,然后将右手也握成拳状,高高举起。接着迈步向前,每走两步后,将左手往两边摆动一下,然后再走两步,将举起的右手放下,再举起。就这样,一直重复这些动作,并且转圈。"

虽然农夫不明白哲学家为什么要他做这些动作,但还是照做了。大约过了半个小时,农夫受不了了。哲学家问:"感觉怎么样?"农夫说:"受不了,太辛苦了!"

哲学家笑着问:"请问,你会耕田吗?"

农夫说:"笑话,我是一个农夫,耕田是我的工作,我要是连田都不会耕,那还叫农夫吗?"

哲学家说:"你能将你平时耕田时的动作示范一下吗?"农夫毫不犹豫地做起了耕田时的动作。只见他左手握成拳状,往前伸直,然后将右手也握成拳状,高高举起。接着迈步向前,每走两步后,将左手往两边摆动一下,然后再走两步,将举起的右手放下……农夫惊奇地发现,他做的动作,与哲学家让他做的动作一样。

哲学家笑了,问:"你耕田的时候,觉得辛苦吗?"

农夫说:"不但不觉得辛苦,还觉得很愉快。"

小小说·美文馆

哲学家又问："都是相同的动作，一次觉得辛苦，另一次却不觉得辛苦，那是为什么？"

农夫答："因为在耕田时，我心里想着丰收，所以不觉得辛苦。而刚才，我在做您让我做的动作时，心里什么也没想，所以觉得辛苦！"

哲学家拍手道："这就是事业心。因为你心里有了追求，所以长年累月做相同的事情也不觉得辛苦！"

离婚酒

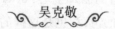

吴克敬

　　生日喝酒,结婚喝酒,高升喝酒,发财喝酒,喝酒的理由千种万种。离婚了喝酒,味道更充足,那酒不是浇愁韵,差不多相当于洗礼。

　　最早喝的一顿离婚酒,男主人是一家大型国有企业的厂办主任。八年前与同期进厂的一位女工结婚,我当时参加了他们的婚礼。八年的日子是一天一天过下来的,八年中,妻子相夫教子,生活中除了丈夫就是孩子。当丈夫提出离婚时,妻子才发现自己与这个社会脱离得太远了,电脑网络,歌舞社交,什么都不会也不思涉及,自己几乎成了这个日新月异社会的"现代残废"。她选择了自杀,把煤气罐打开,穿上压在箱底舍不得穿的鲜亮衣服,静静地躺在床上等死。丈夫回来了,把她送进医院抢救,妻子苏醒后坚决要求离婚。

　　再喝的离婚酒,是一位私企老板的。酒席宴上,老板大吐苦水,说得鼻涕一把泪一把。她与妻子在大学里相爱,毕业后结婚成家,女儿如花似玉,聪明伶俐。怎么看,都是一个幸福之家。问题是他辞职下海了,在海水里苦苦挣扎时,夫妻俩倒也相亲相爱,相濡以沫。后来生意越做越大,妻子的心却揪紧了,不能看见丈夫和女职员坐一辆车,吃一桌饭。看见了,就要问个不休,并到公司哭闹。后来丈夫把公司里有些姿色的女职员全都辞退了,生意也有一搭没一搭的。妻子还不罢休,用匿名信的方式,向媒体和丈夫合作的单位公开所谓的隐私及商业机密。十年的情缘最后成了一对冤家,老板说起来咬牙切齿。

　　昨天又去喝了一次离婚酒。这位朋友开着一家不错的广告公司,年赢利百万元。这位朋友的婚姻是以"死身"换来的。在大学期间,到校游泳池游泳,他不习水性,误入了深水区,很快就沉入了水底。水快喝饱的时候,一

只纤纤小手抓住了他的头发,把他拖到了岸边,他得救了。校游泳队的女同学,成了他的救命恩人,一谢再谢,却谢成了恋人。结婚后,泳池相救这个本该成为他们结婚基础的事件,最终却成了他们离婚的导火线。家里来了人,不论是朋友,还是生客,说到兴致处妻子总忘不了"回放"这一情景,让他觉得抬不起头。后来大吵了一架后,平静地离了婚。房子车子存款,全都给了妻子。喝着酒,朋友说他已经全身心地放松了。

酒是上头的东西,喝离婚的酒却上心,每喝一次这般的酒回来,便生出千万种滋味。本是海枯石烂的情,竟也是这样的脆弱,有时甚至竟经不住最缥缈的一击。

苏格拉底说:"你有权发怒,有权对你应该发怒的人发怒,在你应该发怒的时间发怒,在你应该发怒的地点发怒。"问题是发怒之后怎么办。也许这辈子最终也弄不明白的,人是可以肉身涅槃的。

替民工刷一次卡

傅彩霞

上班或者外出，我的首选交通工具是公交车。安全，省钱，污染小。

乘坐公交车的民工一眼就能认出，他们有的大包小包，用编织袋装着简单的行李，有的头戴建筑帽，有的带着做工的工具。大多蓬头垢面，粗糙的双手，指甲里藏满黑黑污垢，衣服不整，鞋子不洁，沾满灰尘和油漆，身上散发着一股酸涩的味道。这样的进城打工者，人们叫他们为民工。上车后人们会离他们远远的，甚至投去鄙夷的眼光。

而我每次面对这样的人群，总会主动让出一个座位，不是为了那句礼貌的"谢谢"，而是对城市的缔造者和美容师的尊重。体力工作者比我们这些人更需要休息。

与我一起外出的女儿也会主动让座给另外的民工。他们报以感激的微笑，很美。

一次，一位年长的民工主动与我攀谈："大姐，你看，这座二十六层的大厦就是我们去年盖的。"眼里闪现出自豪。

"哦，好气派！工作一定很辛苦吧？"

"苦点累点，俺们都习惯了。"

车到下一站时，一位民工看见车来了，胡子拉碴的他就远远地使劲摇手，追赶着车子从后门跳上了车。

车子启动，他操着一口乡音问司机，师傅，你这车去火车站吗？

司机用眼睛瞪着他恶狠狠地说，给你打开前门，你不上。再从后门上，罚款二十元！

胡子民工惊诧地站着，毕恭毕敬地聆听着"谆谆教诲"。大概，他在想二十元能给他的娃买一大堆好吃好玩的礼物吧？

司机又回过头冲他喊,到前面投币!

多少钱?胡子民工似乎刚从混沌的状态清醒过来。

一元。

他摸索出一张十元面额的钞票:十块钱,找吧。

公交车不找零。

我没有零钱。他无奈地说。

下一站,你马上下车。

我又不知道,又没有人告诉我。胡子民工嘟囔着。

你知不知道与我有什么关系?

眼看,一场不愉快就要发生。

全车人都双目注视着公交司机与外来民工的对决。

所有的人都屏住呼吸,关注着事态的变化。

我推开女儿,从后面挤到前面,轻柔地对司机说,我来替他刷卡吧!

随着那欢快的刷卡声,一场不快和争吵就这样平息了。

车内所有的人,此时此刻,一下子变得安静了,仿佛每个人的脸上都有了沉思。

"妈妈,你为什么要替那位叔叔刷卡呀?"女儿迷惑不解地问我。

"因为,我们身上也流淌着农民的血。你的外公就是一位农民的儿子。"

血气方刚的司机小伙子也轻声地与民工交流着什么:"上车一元,自备零钱;前门上车,后门下车;出门在外,先了解有关的规定,这样才会少走弯路……"民工鸡啄米似的点头。

有时候,很多问题的解决其实并不难,只需要一元钱就可以了,只需要态度和蔼一些就可以了,只需要我们拥有一颗爱心就可以了。

我和女儿下车时,女儿弯下腰,轻轻地将民工们堆放在车厢中间的行李搬到了一边。

到站下车的胡子民工骄傲地对来接应他的同伴说,我今天真走运,白坐了一回公交车。也不知道为什么,那个戴眼镜的女人把一个小牌子放在车前面响了一下,司机就对我好得不得了……

远远的,我听见胡子民工眉飞色舞地讲述着。

我们都是其中一粒微尘,在红尘中飞扬。我因知道而倍加珍惜,他因不知而感到无比幸福。

一只小燕飞进家

孙春平

　　老母年高，腿脚不便，常站在阳台上观看城市的风景，隔了一层纱窗，似觉隔断了许多亲切，便把纱窗也卸去。夏日的傍晚，突有一只小鸟歪歪仄仄地从窗口扑进来，竟落在了老母的手背上。老母一惊，又一喜，是只刚出窝的雏燕，黄黄的嘴那么抢眼。老母看了一会儿，便扬了手臂往外轰它："去，去，回家去吧。"小燕在半空中盘旋了一圈，又歪歪仄仄地落回到老母手上。如是三番，小燕不仅挥之不去，还张舞着翅膀，张大了嘴巴，冲着老母叫。母亲回身拈了两粒大米饭粒，送到它嘴边，它立刻狼吞虎咽地吃了。母亲知它这是饿急了，不然燕子本是吃虫，且只捕活物，怎会吃米粒？转身找来一块肉丁，用刀细细地剁了，小燕果然吃得更加香甜，吃过就直向客厅里飞去。小燕就这样安了家，安得似乎心安理得，并很快就跟一家人混得厮熟。晚上有人来陪老父老母打麻将，它一忽儿落到老母花白的头顶，一忽儿落在老父码牌的手指上，一忽儿又落在牌上，歪着小脑袋东张张西望望，一副很新奇的样子，惹得一家人不时哈哈地欢笑。我回家把这事说了，放暑假在家的女儿更是惊奇，便去奶奶家看了，看了便不舍，缠着奶奶把小燕借给她。"大小是条命，不许糟害它呀。"老母一遍又一遍地叮嘱。"放心吧，我在它就在，誓与小燕共存亡！"女儿信誓旦旦地下了保证。

　　小燕到了我家，越发成了宠物。我说燕子是吃飞虫的，女儿便拿了蝇拍到处找苍蝇找蚊子，还到楼梯道里去狩猎。夏日暑热，米袋里开始生虫，虫又变蛾，每年这都是很烦人的事情，可今年一家人竟然为米蛾兴奋起来。小燕还不会捕蛾，女儿便一只只地去追打，捡了蛾骸喂燕，小燕便吃了满汉全席一般的兴奋，边吃边叫，还拍舞着翅膀。我说这不行，得让它练出自己捕食的本事。我的招法便是让它站在我的手指上，不管在屋子什么角落发现

虫蛾，都把它高高地举送过去，有时还要搬了小凳登高垫足。妻子嗔怪，说你们爷儿俩这是吃饱了撑的，不知道玩啥了吧？可说归说，有时她也举送小燕去觅食。小燕初时还难捕准确，脖一伸，米蛾先飞躲开去，可两三日后，小燕就精明敏捷多了，常是未待送到虫蛾跟前，它已振翅直扑猎物。再往后，只要发现猎物，小燕都立时盘旋而去，歼击机一般，或俯冲，或爬高，攻无不克，战无不胜，让飞贼无一漏网。老母有电话打来，专问小燕的情况，女儿高高兴兴地喊，它小学毕业，考进初中了，等过两天我把个大学生还给你。星期天时，妻子催我把米弄到外面晒晒晾晾。女儿坚决反对，不不不，就让米生虫变蛾，多多益善，要不小燕吃啥呀？

小燕与家人越发亲近，有人上班，它尾随你往门口飞，不轰撵它就可能伴你而去；有人开门，它闻声而动，会立刻飞落在你的肩头；女儿摆弄电脑，它则静静地落伏于显示器上方，似乎知道这个时候不能打扰；见有人招手，它又迅即飞落于你的掌上与你嬉戏。它竟还有极好的卫生习惯，排泄都去花盆里，那灰白的排泄物看了让人感动。一只多么懂事的小鸟！

独生子女都很孤独。孤独的人愿把欣喜欢乐与同样孤独的人一起分享。我和妻子都去上班时，女儿用电话向她的同学炫耀心爱的小燕子。同学要来看，又找不到我家，两人便约定带了小燕在图书馆见面。那天，我和妻子下班时，没见小燕飞到门前迎接，也没听到女儿欢快的笑声，便知事情有些不妙。夏日天长，可女儿蔫蔫地回家时已是入夜，未待我们发问，她就坐在那里呜呜地哭起来。原来管理员不许在阅览室里摆弄小鸟，她便把小燕关进鞋盒，暂时放在了卫生间里，可等她和同学再去亲近小燕时，鞋盒盖开了，小燕已了无踪影……

夜已深，一家人开了纱窗，守在阳台上。女儿说，给奶奶打个电话，让奶奶也把纱窗打开吧。我说，那它也找不到家了，鸟眼夜里是看不到东西的。女儿说，可今天月亮很大。我叹口气，说，咋亮也是夜。女儿说，那它能找到自己的妈妈吗？我说，我们都盼它能找到吧。一家人遥望夜空，不再说话，可我知道大家的心都很酸痛。

两颗晶莹的泪珠又从女儿眼角溢出来。我们牵挂于心的小燕子，你能理解一个纯真女孩子的泪水吗？

一条短裙

张春燕

晴进医院大门的时候,嘴角闪现出不易被人察觉的笑意,是自得其乐、自品滋味的那种意思。她腿上的丝袜在夜光下闪着俏丽的色彩,短裙游鱼般摇摆着。此前,晴很少穿短裙,几条牛仔裤悠闲地打扮着她青春健美的双腿。还是七号病床的老伯,用病入膏肓却还跳跃着激情的目光盯着她说,晴护士,你的腿真美,应该穿裙子,裙长以膝盖为界,配以深色的长筒丝袜,那简直漂亮极了。

晴的脸红了。没有恋爱过的她,第一次听到对自己双腿直白赞美的人,竟是这位行将入土、目光渐渐枯萎的老人。晴为十九岁的自己很少听到异性的赞美感到酸楚,自己平时太孤傲,那些平庸而稚嫩的同龄男孩的目光就不敢在傲视一切的美少女身上流连忘返。面对病床上喘息的老人,晴想,姜还是老的辣,因而也就有了对老人的感激。她动作轻柔地为老人做静脉穿刺,老人的皮肤像冻伤的茄子——又青又紫又厚又硬,针头难进,血管也枯萎了。实习护士晴全神贯注地用针头查找老人没有丝毫生气的血管。

老人虚弱地咳嗽了几声,看到晴脸上红润的光泽,好像看到了某种鼓舞,喘息中带着抑制不住的兴奋,说,当年我们在延安,条件那么艰苦,生存环境那么恶劣,可那些小女兵啊,尤其是那些从南方来的有知识有文化的姑娘,太会展现女性美了,头发上扎块手帕,或绑段红丝带,那个美啊——老人又虚弱地咳嗽起来,但迸发着激情的目光却像黑暗中的火炬。

晴决定买一条长及膝盖的漂亮短裙。晴不是没有自己独特的审美,晴要在不动声色中展示自己优雅的气韵。晴在买裙子的整个过程中对七号床的老人心存感念,她想买了裙子后的第一件事就是穿给老人看。晴期望着再一次听到老人那些毫无修饰的赞美,她的脸就会再一次红起来。晴知道

自己脸红的样子，像两朵桃花映在脸颊，烫烫的、爽爽的，升腾在心间的是云雾缭绕的感觉。晴知道自己这周是夜班，她不畏这个夜晚的秋意渐浓，她喜欢让凉风环绕自己的感觉。

穿着短裙，踩着落叶，穿行在黑暗中的女孩晴，像精灵一样飘向那火炬般的目光。

晴想起每次给老人输液扎针时，面对那如冻伤的茄子般的皮肤，总有难言的紧张，总是不忍心地扎一针又一针，有时都扎出了自己的眼泪还扎不出老人齐啬的血液。老人始终慈祥地笑着，黯淡的目光给她无言的鼓励，有气无力地说些诙谐风趣的话来减少她的压力。他说，我们钓鱼，鱼什么时候上钩那是鱼的事啊。晴听了就微微一笑，她的笑还没收回来，针已刺进皮肤，黑黑稠稠的血液就流淌出来了。老人又说，老天忘了给我翅膀，我常常就用幻想飞翔，飞得可高呢！此刻的晴忽然就有了飞翔的感觉，黑暗中她漂亮的短裙像刚劲的翅膀，带着她向远处飞去。

走进病房的晴被眼前的一幕击傻了。

医生们默默地摇头退出病房，接着就传出家属此起彼伏的哭喊声。护士长急急地催促晴穿好工作服来做善后处理。晴明白了，七号病床的老伯走了。称赞她双腿秀美的老伯，没能看上一眼她穿裙子的婀娜样儿，就闭上了他激情燃烧的眼睛。晴穿着丝袜的双腿忽然像被子弹击中一样疼痛得战栗起来，裙子也在寒噤中摇摆着发出的呓语声，这给晴带来了不寒而栗的恐惧感。晴没有勇气走进病房，更不敢面对躺在七号病床上已被称为遗体的老伯。可是护士长的催促声就在耳旁，晴在万分的惊恐中，委屈无助地哭泣起来。

晴陷入了自己泪雨飞溅的惶恐中。她背靠墙，旁若无人、彻心彻肺、泪雨滂沱地恸哭。她心无杂念，只是有些委屈，有些害怕，有些莫名的恐惧。面对没有呼吸和体温的遗体，面对那曾经有过激情的眼睛和赞美过她的嘴巴，她害怕自己在料理的过程中，他突然有体温，他突然苏醒，突然有新的赞美之词向她诉说。但此时的老伯五官毫无血色，寂静而落寞地成为遗体的一部分，成为人们回忆中最生动的那个部分。这种东西折磨着晴，使她在这个瞬间痛不欲生。

晴感到自己穿着丝袜的双腿上爬满了冰冷且蠕动的蚯蚓。忽然，她发现老伯微闭的眼睛似乎慢慢睁开了一些看着她，专注又有些焦急地看着她，目光中有激情，有赞美，有鼓励，有安慰，还有无尽的留恋和莫名的忧虑……

晴慢慢走过去，迟疑中她好像忘记了自己的护士职业，忘记了自己应该做什么。她轻轻抬起手，缓缓伸向老伯的脸。就在她的手将要触摸到那双眼睛的一瞬，晴真切地听到了一种声音，是从眼睛里潺潺而来的，这声音绵长而低沉，像鱼一样游动在她的耳际，久久不肯离去。

珍贵的尘土

张子选

曾听说过这样一个故事：从前有位厌倦了与泥土打交道的农家子弟，历尽千辛万苦去寻找神话中的黄金王国，而且偏偏找到了。可守护在黄金国国门外边的一位天使告诉他："我们黄金国通常不接受移民。不过如果你愿意的话，我倒很乐意让你代替我当一名黄金王国的守护者，只因为长期以来，我一直都梦想着能到你来的地方去，亲眼看一看传说中能长出庄稼和鲜花的广袤土地！"经过通情达理的黄金国国王批准，农家子弟如愿以偿地当上了守护黄金国国门的天使，后来他重复最多也最使人感到寂寞的一句话便是："我日夜守护的可全是金子呀！"而原先的那位天使，则最终不仅看到摸到了他朝思暮想的泥土，快乐自在地在泥土里种起了庄稼，还时常赞美道："多么神奇的泥土啊！"

我们人间的哲人常说：当你手中捧着一把尘土时，不要轻易丢弃它们，因为金粉的微粒很有可能就蕴藏其间。而神话中的黄金国国王，对众天使所进行的经常性的训示却是：如果你们打扫街道广场，不要将有碍观瞻的黄金垃圾随便倒掉，只因每块金子上都可能沾上了一星半点我们所奇缺的珍贵的尘土！

关苏联作家康·巴乌斯托夫斯基有本精彩的小书《金蔷薇》传世。该书中有篇文章的名字便叫《珍贵的泥土》，讲的是一位名叫约翰·沙梅的巴黎清洁工，数十年如一日，每天从首饰作坊里扫来的尘土中，星星点点地收集金粉的故事。经过日积月累，沙梅竟用他搜罗来的金粉铸成了一个金锭，并为他的心上人也是最终弃他而去的苏珊娜，打制了一枝据说可以给人带来幸福的金蔷薇。

世界上并非每一小撮尘土中都具有一定的含金量，也并非每个人都有能力和机会向自己所关爱的人和事,适时献上一枝哪怕仅仅是在精神上相当贵重和完美的金蔷薇。当尘埃落定,在历尽爱憎荣辱、悲欢离合、生老病死之后,许多人所谓的此生无悔,也许只是为谁和什么,曾经笃定地保留过一份类似于平凡的尘土,渴望被命运打制成一枝甚至几枝神奇金蔷薇的情怀罢了。但这其实就已经弥足珍贵了!

请吃饭

周海亮

　　周末他请三个人吃饭。两位是他的上司,一位是他相识多年的朋友。中午他就打电话跟他们联系,每个人都说:"没问题。"于是他在酒店订好了包厢,并提前半个小时赶到。服务生问他:"现在上菜吗?"他说:"上。"服务生问:"标准呢?"他说:"当然是六百八十块钱的。"

　　这个酒店的火锅套餐分一百八十元、三百八十元和六百八十元三个档次。请客时他是不会给自己丢面子的。

　　他给其中一位上司打电话,问他走到哪儿了。上司抱歉地说:"真不巧,刚才一个重要客户要我过去一趟,事关重大,所以恐怕不能来了……"他说:"没关系,你忙你的。"他于是喊住服务生,说:"把套餐换成三百八十元块钱的吧……有一位朋友不能来了,六百八十块钱的怕吃不了。"

　　其实浪费对他来说并不是大事。只是他请客的本来目的是有事求助于那位上司。既然那位上司不来了,那么,他想,就是普通的聚餐,三个人三百八十元块钱,档次并不算低。

　　这时他接了一个电话,是另一位上司打来的。他们平时彼此以兄弟相称,说话很随便。那位上司说:"真不巧,家里突然出了点事,得留在家里处理,不能出来了……这样吧,明天或者下个周末,我请你。"

　　挂了电话后,他再一次喊来服务生,尴尬地问:"现在能不能换成一百八十块钱的标准?"服务生训练有素地说:"没问题。"

　　菜都上了,没想到,朋友这时也打来一个让他沮丧万分的电话。朋友说身体不太舒服,想去医院打吊针,然后回家躺一会儿。

　　朋友是来不了了,这时候再退菜是不可能了。可是满满一桌菜他一个人怎么吃掉呢? 打包? 他宿舍里连个热饭的炉子都没有。

他的电话再一次响起来。

这次是他的父亲打来的。

父亲问:"今天你回家吗?如果不太忙的话,回来看看,你已经一个多月没回家了。你现在在哪儿?"

他说:"在酒店里……哦,对了,你和妈吃过饭没有?"父亲说:"还没有。"他说:"那过来一起吃吧!"他感觉父亲在那边愣了很久,然后问他:"你刚才说和你一起吃饭?"他说:"是啊是啊,我请客,我请你和妈吃饭。"

放下电话,他想起一个连自己都不愿意承认的事实:他请无数人吃了无数顿饭,却唯独没有请父亲和母亲吃过一顿饭。

他的单位离家远,工作以后就一直在外面租房住。平时肯定是不回家吃饭的,可周末他也很少回家。每个周末父亲都打电话来,可是他总也没有时间回去。他得利用周末时间学习韩语,学习企业管理,学习电脑和国际贸易,打各种各样的电话,请别人吃饭或者被别人请……

父亲和母亲很快赶来。从时间上判断,他想他们肯定是搭出租车来的。他们丝毫没有怀疑儿子为什么要突然请他们出来吃饭,两个人的脸上都乐开了花,一个劲儿地夸这酒店有档次、菜好吃。三个人第一次在家以外的地方一起吃饭,吃一份这个酒店档次最低的套餐。席间他分别敬了父亲和母亲一杯酒。将酒一饮而尽的时候,他有一种想哭的冲动。

那天,他回了家,住了一个晚上……

周一刚刚上班,就有一位和父母同住一个小区的同事告诉他:"昨天你爸妈在小区里到处招摇,说你请他们在大酒店里吃了一顿高档饭,还给他们敬酒呢。你可真孝顺……"

一番话让他泪水滂沱。

涉世

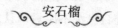
安石榴

大学实习阶段,我找了一个陌生而遥远的地方。姑姑把我叫到她家去。晚饭之后,客厅里只留下我们两个人。姑姑清了嗓子,竖起食指,对我说,我来给你上社会的第一课。

十年前,我在乡财政所。我们为一项工作去石碰子村,然后,去另一个叫做四里半的村子。

我说的"我们"是我和一个刚刚通过公务员考试取得这个职务的大学生,叫青青。

事情办得不顺利,村里很不配合。这种事情我司空见惯,用规章制度不是不能解决问题,但经验告诉我这样不能很好地可持续地解决问题。但是青青表现得相当激烈,这个初登社会舞台的姑娘热血贲张。最后我已经不能掌控局面,所以当机立断,决定暂时放置,之后研究协调。双方战局好歹才算进入僵持。

村干部热情——他们一贯这样,非要送我们。从这儿到四里半村要跨越小半个莲花湖,坐自行改装的柴油机动小船要走两个小时。书记、村主任、会计送我们到湖边。船是会计家的,此刻不在,说是正往这边赶。旁边是西瓜地。村主任摘下两个足有四十斤重的西瓜,说,吃吧,老蔫儿家的西瓜是绿色的。会计就从他的万能兜子里取出折叠刀,一会儿工夫,三角形的西瓜牙就摆了一地。

他们四个人就大吃起来。青青很时尚,也很朴实,并没有嫌恶农村脏什么的,也坐在地上一边叫着甜一边大吃。还抽空鼓动我,王姐,你怎么不吃呢? 我告诉她我不吃西瓜。

我告诉她我不吃西瓜的时候,地上已经全是西瓜皮了。他们可真够猛的,一个西瓜二十斤,两个西瓜四十斤,你说他们每个人吃了多少? 书记还问青青,还吃吧? 管够。青青拍着肚子说,不行了,已经满满一肚子了。那三个人就哈哈大笑了半天。这时候,船也来了。我们就一起上了船。

接下来就出现了状况。

西瓜这种水果非常地利尿,他们又吃了那么多。那三个人也不在乎,内急时就大叫一声,背转身子往湖里尿。后来干脆也不用发出大叫的警示,背过身子就来。他们是男人,天生就有方便的条件。

青青起初还好,又说又笑还唱了几支歌配合畅游山水的心情。渐渐地,青青沉默起来,一直四处观赏美景的眼睛收了回来,而且黯淡无光。她坐在船舷上,合上眼睛,紧闭嘴唇,佝偻着身体,胳膊抱着双膝,一声不吭。

我担心起来,小声说,不行你就解吧,让他们背过身去,我挡着你。青青坚决地摇了摇头。事实上的确那很难,船非常小,人挨着人。我只好转而敦促会计把船开快点。我知道说也是白说,那种船我坐过多少次了。果然,他慢悠悠地说,也得能够啊,这是最大马力了。说完,那三个人又一次大笑起来。

两个小时之后,我们终于到了四里半村,但是,青青狼狈透顶,她的水磨石浅色牛仔裤湿了一大片。我叫四里半村的妇女主任取来裤子的时候,青青终于大声哭起来。换了裤子之后,她坚持回乡里,改乘另一艘船。船开动起来时,她看了我一眼,我看到一种幽怨和敌意。

说实话,我心里很不好受,所以没理睬那三个人就往村里走。远远地听见他们说,还大学生呢,这不傻吗? 自己是什么鸟不知道!

我回到乡里之后,最先听到一个惊人的消息:青青辞职了。她再也没回来过,辞职手续都是她父亲代为办理的。

姑姑讲到这儿就沉默下来。我问姑姑,现在她怎么样了?

不知道。没有她的任何消息。

我又问,你当时知道这种结果,是吗?

姑姑带着明显的悔意说,我没有估计到会这么尴尬这么严重。

这可真是很好的一堂课。直到我坐在火车上奔赴我的舞台——每个人必须亮相的舞台时,我还这样想。

需要补充的是,我的姑姑的确不吃西瓜,家族的人都知道。

喝茶喝出来的快乐

汪敏凤

　　双休日与几个好友相邀一同去茶室喝茶。我们去的这家茶室坐落在城市中心点,茶室周围的商铺繁华热闹,酒吧、咖啡馆、按摩院、足疗室……纵横交错,鳞次栉比,这间茶室与这里的环境显得格格不入。走进茶室却让人有了别样的感觉,古色古香的茶室散发出一种诱人的茶香味和墨香味,各种各样叫不上名的茶叶与墙壁上浑厚凝重的书法、清隽飘逸的墨画为茶室添了一层朦胧的感觉。浓浓的茶香味和墨香味让人顿时忘了外面喧闹的嘈杂声,也听不到喧哗的叫卖声,而是进入了另一个世界。

　　我是一个不太喜欢喝茶的人,一直以来在办公室里我都算是一个"旱鸭子"。同好友一同去饮茶,也没太在心,只是为了与好友的相聚与快乐而来。刚坐下,那茶室的女主人便忙着倒茶招待我们,茶室的女主人是一个充满自信的小女人,温文娴雅,一头瀑布似的黑发卷起层层波浪,显得飘逸诱人;时尚的披肩搭在小女人的身上,显得端庄静美,幸福的笑脸被暖暖的包裹在了温柔里面,一举手一投足无不彰显出女主人的高贵和优雅。我们几个女人围桌而坐,啜饮着红茶,瞬间弥漫了一屋的笑靥和温暖。

　　喝了一会儿茶,女主人起身让座,叫我也去泡茶倒给每一个人品。我高兴应承,很笨拙地为每个人倒满了茶,她们个个都很认真的细品,然后对我沏的茶进行点评。我结识的这些女友,大多是知识女性,都能把平凡的生活化为神奇的女人,每个女人都独具魅力,这些以书养心的女人会根据自己的个性、气质、经济条件挑选适合自己的服装,懂得怎样品味生活和感受生活,对于生活中的每一个细节,都有着精致细腻的感受,她们的视觉、听觉、味觉蓬勃地伸展着,这是她们的趣味和快乐的源泉。理智聪慧、以书润心的女人点评说:有点甜香,有点滑,舌头下面生津快;精明能干、秀外慧中的女人点评说:茶香味浓,有前香、还有后香;江南细雨绵远清香的女人点评说:有点柔,回甘有一股自然香;冰雪聪明的女人点评说,有点飘扬的香、有点润;温婉娴熟的自信女人点评说,有点淡淡的辛辣、有点涩,可通经脉……天呀,我惊讶她们每个人的评语,我不知道喝茶也能喝出那么多的名堂,品出那么多的学问,真正体味到了壶中小世界,茶外大文章的境界。

　　我的这些好友都是经过书的海洋雕琢过的玉石,还保有自然与天真,毫无矫揉造作,她们说的每句话我都深信。我慢慢从喝茶中知道了品茶也能品出一个人的人品,还能品出每个人身上的疾病,更能从茶趣中品出百味人生。在她们的认真指点下,我学会了慢饮细品,也品出了那淡淡的香和空谷幽兰之味,但我却沏不出她们的那份浓浓的茶香味。我很佩服这些女人在特定的旖旎风光中能把简单的喝茶过程升化成一种文化、一种魅力。与她们在茶趣中细品人生,共捡一枚枚馨香的回忆,和她们在一起一如在冬日的阳光下漫步,温暖而惬意。

　　听女主人说"在茶中悟道,在生活中修行"的格言,我似乎悟到了,原来那越品越浓越香的茶是她们宁静淡泊的心泡出来的味。喝茶也喝出了另样的心情,喝出了人生的乐趣。

悠然在茶水无尘的世界里

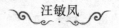
汪敏凤

常常在繁忙的工作后,将自己浸泡在茶吧里,让自己连同茶随着那绿水碧波的汤水得到重生的洗礼。

我的世界与茶结下了很深很深的缘。记得赵朴初曾在《茶经新篇》题诗曰"七碗受至味,一壶得真趣。空持千百偈,不如吃茶去"。所以,我常常将自己搁置到茶的世界里。喝茶将朋友们聚在了一起,也将友谊连在了一起。有时喝茶是随便的喝;有时喝茶是认真的喝。随便喝时是谈笑风生的喝;认真喝时是在淡定澄怀、静静地品。

水为茶之母,而茶却是植物之灵、天地之英。那茶在水的世界里时浓、亦时淡。在喝茶之前,盛茶的人都要先净手、稳神,然后提壶盛茶,以示对茶、对人的一种尊重。喝茶时,要轻抿慢呷,才能感受那茶水滋肺润腑,静静领略那深山幽谷的心境。那壶中不断的沸腾声,会让人从中感受到那习习的松风妙音。有句老话说:"一人喝,十人看,一百个人在当裁判",老话尖锐,说得却很实在。一人倒茶十人品论,百人裁判任性指点江山,我就是这样乐意让自己泡在茶的光阴里,任人指点江山,同时也能照见自己的轻薄唇舌。都说指缝太宽,时光太瘦,喝茶的时光总是倏然而过。喝茶人总会在笑谈中让茶汤氤氲满室,也让喝茶的人全身染上茶香味,喝茶喝到水尽茶淡去,寂然天地空亦是一种境界,因为已与之化矣。

喝茶与品茶是很有学问的,特别是喝禅茶时又是另外一种境界。禅茶如一个显微镜,它能透视每个人的信息,比如身体是否健康,比如心态是否安详……人生百态,尽显其中。不管是一般的喝茶还是品茶抑或是喝禅茶,在我有空余的时间里我都会把自己交到茶的世界里,将自己的心情过滤、洗礼,静养心性,让自己进入到空灵虚静之中,将自己打湿的心境在茶的次第中消散，同时也洗去意念中的杂质，让自己的世界也茶水无尘。

这辈子你去过哪儿

许　仙

　　有个富三代,生来喜欢周游列国,到他五十来岁时,已游遍了世界:即使像南极这种人迹罕至的地方,也留下了他的足印。现在,他已经没有地方可去了,这使他非常苦恼。因为旅行是他的人生梦想,在路上是他的座右铭。

　　这天,他无聊之极,没有驾驶越野车出去,而是从家门口跳上一辆公交车,一直乘到城郊的终点站,然后漫无目的地朝乡下走去:行走是他唯一的目的。直到午后,饥渴交加,他才找到一户农家,对满头白发的老妇说明来意。老妇请他进屋,给他倒了碗水,又连忙做饭。他环顾四壁道:“大妈,家里有别人吗?”老妇说:“他们都出去了。”“那老伴呢?”“十年前就过世了。”“您一个人住不冷清吗?”“不冷清,有老头子在。”“他不是……”“噢,他就在这儿……”老妇指指屋后的小山坡。

　　对他来说,从县城跑到这乡下,不过三四十里路,算个啥? 他连南极都去过。想到以往种种天南地北的经历,他不禁问老妇:“大妈,您这辈子去过哪些地方?”老妇摇摇头,她哪儿都不去,就待在村里,一辈子足不出方圆十里。现在轮到他替她可惜了,外面世界多大、多精彩,不出去看看太可惜了。但老妇不觉得可惜,她说她的大儿子和小儿子就在县城,老头子去了就后悔,出门朝东朝西都分不清,那种地方要天没天,要地没地,夜就更不像个夜了;外面千好万好,哪有家里好? 家里有天有地有山有水有田有菜有鸡有鸭……还有老头子,日子就过得踏实。“话不能这么说。”他反驳道,并列举了自己去过的世界各地,老妇听到“罗马”二字,说她听说过这个地方,便问那里的天气怎么样? 土地怎么样? 他们都种些啥庄稼? 他竟一问三不知。“那你去那儿做啥?”“随便走走看看。”“有啥用呢?”“没啥用。”“那没啥意思。老头子在时对儿子们说过,你们要是不晓得去做啥,那去再多的地方都是空的。"

他被老妇说得不好意思，搔搔头皮道："大妈，您就没有一个想去的地方？"老妇想了想道："有啊。""哪儿？"他忙问。"天堂。老头子在那儿等我呢。"老妇又问他："那你呢？"他苦笑道："我啊，现在只想回家去。"他告别了老妇，朝县城而去；路上他不断地问自己：这三四十年来，我去过世界各地，是为了去过那些地方而去那些地方吗？那我的人生呢？

收藏家的杯子

许 仙

作家朋友是在一次采风活动中,偶然认识收藏家的,不久他们就成了无话不谈的朋友。

在收藏家的藏品中,有不少件件有来历的杯子。有意思的是,收藏家就用这些杯子,给我们沏茶。他说杯子都是清洗干净的,请我们放心。我清晰地记得,我们第一次去他那儿时,他用土烧的陶杯,给我们沏茶。陶杯造型古朴,但不知年代,问他,他却笑而不答。第二次去时,他用木杯沏茶。木杯造型笨拙,有种大俗大雅的味道。我问它的来历,他依旧笑而不答。第三次去时,用银杯沏茶。银杯造型精致,颇具贵族气质。有过前两次的碰壁,我没有再问什么。第四次去时,他用金杯沏茶。金杯造型华丽,完全是王家的奢侈品,我受宠若惊。第五次去时,他用水晶杯沏茶。水晶杯造型典雅,小心地捧在手中,都让人不敢喝了,只道杯中之物乃是琼浆玉液……不知去了多少次,收藏家终于将他所藏的各种杯子,都给我们沏了一遍茶。

这一天,当我们再去他那里时,收藏家便问我们用什么杯子沏茶,这是我们始料不及的。我们从不曾想过这个问题,我和作家朋友都傻眼了。他让我们想想,然后告诉他。我突然注意到收藏家的茶杯,是土烧的陶杯。而且他自始至终是陶杯,即使在给我们用各种杯子沏茶时。我告诉他我用陶杯。作家朋友也跟着说陶杯。收藏家问我为什么,我只得老老实实地说,因为我看到他用的是陶杯。收藏家笑了。

有一天,我再次碰到作家朋友,问他收藏搞得怎么样了,他说他不搞了,还是老老实实搞他的创作吧。为什么? 我问。因为以作家朋友的经济实力,创作之余搞点收藏是不成问题的,而且他时间也有。作家朋友说,是因为那次收藏家要我们选择杯子后,我忽然悟到了收藏家要告诉我的话。其实我们第一次去,他就在告诉我们了。你知道吗?茶叶还是那个茶叶,水也还是那个水,但用不同的杯子沏茶茶味是不同的,唯有用陶杯的茶味最正宗、最香浓可口。这跟你搞不搞收藏有什么关系?我问。作家朋友说,人生就是由茶叶、水和杯子组成的,而杯子便是我们的职业或兴趣爱好,如何令我们的人生最有味最香浓,关键是杯子的选择;我的杯子是作家,而不是收藏家,就这么简单。

上帝的金币

许 仙

有一天,上帝经过一座城市时,从高处看到一家豪华酒店的门外徘徊着三个乞丐,他们伸长着脖子,对那些进进出出的衣着华丽的富人流露出无比的神往。那神情让上帝动了恻隐之心,他决定向他们显圣迹,便下去对他们说,我是上帝,我可以给你们每人一袋金币。乞丐们顿时跪倒在地,纷纷对上帝磕头。上帝说,不过,有个条件,你们只能用身上的装乞讨物的布袋来装,装多少都行,但金币一旦掉到地上,金币就不是金币了,而成了石头。你们明白了吗?乞丐们点头称是,纷纷解下身上的布袋,敞开来,准备装上帝的金币。

上帝伸出手来,罩在第一个人的布袋上空。上帝说,你说停我就停,明白了吗?第一个人说,明白了。开始!上帝一声叫,他的手掌下金币就像雨一样落进布袋。当金币落满半布袋时,上帝提醒第一个人说,够了吧,这么多金币够你几辈子花的了,而且金币是很沉重的,一旦布袋破了,就竹篮子打水一场空了。但第一个人却连声道,没事的没事的。结果,他话音未落,布袋承受不了金币的重量,袋底穿通了,所有的金币掉落在地上,化作了石头。第一个人顿时沮丧极了,他为自己的贪婪付出了昂贵的代价。

可惜了!上帝说罢,转向第二个人,伸出手去。金币叮叮当当地落进第二个人的布袋里。上帝不断地提醒道,够你一辈子花的了,够你两辈子花的了,够你三辈子花的了……第二个人连忙说停。上帝的金币已有大半袋了。上帝说,可喜!可喜!接着是第三个人,但上帝刚落下去一枚金币,他就叫停了。上帝叹息道,这太可惜了!难道你不想拥有更多的金币吗?第三个人说,我做梦都想,但任何东西来得容易去得也快,我怕要多了不长久。

多少年后,有一天上帝突然想到这三个乞丐,就叫天使去查一下他们现在在哪儿。不久，天使就把这三个人带到上帝的跟前。原来，这三个人都已经上了天堂。上帝就问第一个人，自从那次之后，他生活得怎么样。第一个人说，我悔恨成疾，不到一年便抑郁而死。第二个人呢？第二个人说，他回老家买了座城堡，娶了三房太太，正准备购置一大笔房地产时，结果因露富而遭人暗算，丢了性命。轮到第三个人时，他将手中紧握的那枚金币还给了上帝。他说他一直将上帝的金币带在身边，他自始至终都感到上帝与自己同在，因为在芸芸众生之中，唯有两个人得到上帝的金币，而他是其中的一个。他从此发奋图强，终于创下了一番事业，并功成名就，儿孙满堂，活到九十九岁才无疾而终。上帝接过金币，微微一笑，然后把那枚金币递给第一个人和第二个人看，说，你们好好看看，这才是我的金币。

准时响起

巩高峰

秘密是我发现的。那天我提前回了家,给女儿拿演出服。

母亲抱着电话神采奕奕,坐在沙发里的姿势和说话的语气都显示这样的电话不是第一次,而且这个电话肯定聊了很久了。

母亲从来没这么高兴过。分析后我们姐弟四人一致这么感觉。父亲去世十年了,我们是看着母亲怎样在忧戚里度过这十年的。

怕母亲孤独寂寞,我们给了母亲一大堆建议,社区老人馆、秧歌队、夕阳红舞蹈班、老年大学等等。母亲似乎是怕我们失望,就不太热心地选了个老年大学。为了免除母亲可能产生的落寞,我们四个排除万难,相继把家都安到了一个社区,每到周末,就是全家大团圆。我们觉得,应该万无一失了。

可母亲还是出了情况,就在她上老年大学一个月后。说句实话,尽管那天发现秘密时我是匆忙的,但我还是为母亲脸上菊花般的灿烂而震动。印象中,母亲有十年没这么笑过了。可是在新的周末大团圆时,我们姐弟四人的沉默还是让母亲明白了什么。虽然后来我们极力掩饰着,但母亲脸上的黯然还是让人心疼。

那天母亲没什么胃口,一直心不在焉地看我们吃。在六点的钟声敲响时,母亲动了动,神情不自然地朝时钟看了看。电话响了。没谁去接,全家似乎都意识到了这是一个什么电话。母亲犹豫了一会儿,终于也没接。

从这天起,我们姐弟四个轮流开始了跟母亲的谈心。我们不直触主题,只是抒发着对父亲的深切怀念,对母亲的无限依恋。

车轮战很快就有了效果,母亲跟我们说了她的那位老年大学的同学。他们俩各方面都已经商议好了,谁去谁家过日子,不办证书免得出现遗产纠纷,甚至连怕给我们添麻烦而不举办喜事的细节他们都取得了一致意见,只等我们这些做子女的表态。

不用我们表态，我们其实已经表态了。之后母亲向我们保证，以后再不接那人的电话，这事到此为止。侦察了一段时间，我们总算放下心来。只是每天的六点，电话仍是准时地响两声，然后就停了。周末的时候我们能听到，六点钟电话一响，母亲就回自己屋里了。我们知道这是怎么回事。背着母亲我们找那位老人谈过，这是老人唯一的要求，似乎也是他放弃的交换。每天六点，电话准时响两声，再挂了，就是他打来的，两声代表着他的平安。

很多时候，我们会为此动容，有时，我们甚至感觉得到自己的残忍。

母亲的精神状态很快就影响了健康，身体虚弱下来，精神更是委顿。她一直就像一张弓，把孙子孙女一个一个都射出去了，自己才松弛下来，衰老下去。在病中，母亲念叨父亲的时候特别多，这让我们很欣慰，因为我们姐弟四人的孝顺让很多人都看到了，感动了，所以母亲走得很平静。但生离死别还是让我们品尝到了那句话的滋味，无论你多大年纪，只要失去了母亲，你就是孤儿。

已经很久了，每天六点，电话依旧准时响起。这常常让我们无地自容，更增添许多悔恨。

有一天，六点的钟声和电话依旧一同响起，但两声过后，电话声丢弃了钟声，顽强地持续着。愣了很大一会儿，我才迟疑着拿起话筒。是老人的女儿，在电话里她泣不成声。老人脑溢血，在昏迷中一直叫着我母亲的名字。老人女儿的意思很明显，希望我母亲能去看她父亲一眼，只一眼。

我按捺了半天，才用平静的语调告诉她，我母亲已经去世半年了。

粉刺

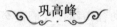

巩高峰

邱天最近有些烦,似乎是一夜之间,邱天长了满脸的粉刺。

邱天也说不好这粉刺到底是从什么时候开始长的,好像是在父母经常吵架之前,又好像是父母经常吵架之后。也可能两者同时开始,齐头并进。

在同学中邱天很少有落后的方面,无论成绩、个头、长相,还是体育项目,邱天基本上都在上游,有些甚至还拔尖。但是有两样邱天例外地排在末尾。一是粉刺,同学们早就跟粉刺战天斗地了,但邱天的脸上却一直没有动静。还有一个是父母的吵架。叔叔阿姨们早就该吵的吵该闹的闹了,邱天的父母却没有一点与时俱进的精神,一直不快不慢不急不缓地过着平淡日子。

现在,邱天终于迎头赶上,而且双管齐下,一下就把落后的两根尾巴一起提了起来。

粉刺这玩意儿在校园里相当普遍,大家与粉刺斗争的故事一茬一茬屡见不鲜。老师说了,这粉刺其实就像朗朗书声,你说腻它又不该缺少,你说为它自卑吧,但它确实又带着那么点关于年轻的炫耀。

不过让邱天比较烦的是这粉刺早不长晚不长,父母一吵架它就凑热闹来了,很让自己分心。父母吵架的第一天,邱天的粉刺刚刚冒了个白尖。

邱天其实丝毫不奇怪父母的吵架,可是渐渐的邱天感觉父母的吵架有些不一般。叔叔阿姨们吵架都是先单位领导管后社区大妈劝再妇联干部调解这么逐一走过场,实在没有挽回的希望才一拍两散。可邱天觉得父母没走这条路,他们一开始就直接向最熟悉的问题核心奔去。只要吵开了,他们马上便能从闭塞狭小的两居室直接吵到大街小巷,抛头露面。

这跟邱天的粉刺几乎同步,来得晚,但气势汹汹。在粉刺的走向上,已经有向胳膊和后背蔓延的趋势了。这很恐怖,邱天只好把注意力从父母的吵架转移到自己的粉刺上。挤吧,挤一挤,把白头挤出来,这样最实用。同学倒是介绍了不少土法偏方什么的,可是邱天总觉得抹什么药还不都是为了消除。挤这个办法虽然原始了一些,但连根拔出,彻底。不过邱天想把父母的吵架和粉刺合在一起打个仗,两方面邱天都不想输。

结果一败一胜。在对付粉刺方面邱天挤出了满脸的坑坑洼洼,走路都不敢抬头。但在父母的吵架上邱天打了个大胜仗。为了不影响邱天的学习,他们相互争着给邱天塞钱,他们觉得似乎只有这样才能免除对邱天的影响。有了钱就好办了,邱天集中精力去打击粉刺,争取反败为胜。市场上所有治疗粉刺的药品化妆品保健品邱天都买全了,同学间秘传的土法偏方邱天也不厌其烦地一一试遍。很崩溃,似乎没有传说中的疗效。

邱天有些害怕了,害怕粉刺继续肆虐,害怕父母把吵架弄成拉锯战。那就麻烦了,还有半年就要高考,邱天不想为粉刺和父母的吵架而两肋插刀。

同学们开的玩笑太具真理性了:只要你家房子漏雨,无论哪个季节,保证连阴天。邱天就在验证着这个玩笑。粉刺继续蔓延,肆无忌惮。邱天的成绩也跟着家里的气氛一起往下掉,往不见底的深渊里掉。

似乎是感觉到了什么,父母忽然睿智起来。他们暂时忘却对攻,把目标转移到勾头已经成习惯的邱天和邱天的成绩上面。这种转移让邱天很不习惯,因为忙忙碌碌的对付粉刺抵抗父母吵架的日子就此一去不复返了。

忽一日,父母竟又像往日一样黏糊起来。邱天沮丧地想,当初同学就判断,这一对有些异常,可能藕没断丝还连。当时邱天对这一说法是嗤之以鼻的,现在看来,父母的例子真的将成为反面典型,补充到同学的父母离婚库的案例中去。

一切似乎都回到了过去,日子在邱天通往高考的路上越走越寡淡。晚饭桌上邱天看得出来母亲在故意造气氛,盯着自己看了一会,母亲夸张地扭头告诉父亲,哎,小天脸上的粉刺没了哎。

邱天下意识地用手一摸,真的,很莫名其妙,光滑如初。可是自己最近没用任何方法来除粉刺啊。见邱天一脸惊愕,父亲笑了,呵呵,现在开始想那些有粉刺的日子了吧?

邱天在心里默默嘀咕着,何止是想,我简直都怀念了。

承诺

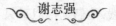
谢志强

　　邻国的国王亲自率领重兵攻占了王都，取代了这个年少国王的王位。邻国国王担心留下后患，立即发出悬赏令：捉拿年少的国王。赏金可观。不过，谁也不知年少的国王的踪迹。

　　年少的国王乔装打扮成一个平民，像一条鱼游弋在他熟悉的疆土。他沿途亲见了王国真实的另一面，而亲臣奏报的是王国虚假的一面，他醒悟了，却晚矣。他无数次向他的国民承诺，实际上都为亲臣利用。

　　这天，他孤单单地疾走着。远远地来了一个人，是个小伙子，像在寻找什么遗失之物。

　　国王问：你在寻找什么？

　　小伙子说：我寻找国王。

　　国王激动了，说：你找国王有何事呢？

　　小伙子说：国王曾对我承诺，我学有所成，他就重金赏我。我家贫穷，我们全家，父母、姐弟，都挣钱、借债供着我求学，我求教了各地名师圣贤，回到家，父母、姐弟都去抵债了，我无力去赎回他们，我知道国王一诺千金，我只想得到国王承诺的赏金。

　　国王说：我就是你要找的国王，只是，我已丧失了王位，现在，我已不是国王，甚至比你还不如，我已厌倦了自己。

　　小伙子捶胸顿足，说：我抱着一个念头找你，期望你能解救我们全家，可你把王国也丢掉了，还拿什么来兑现你的承诺？！

　　国王说：我还能号召举国民众起来驱除侵略我们的敌人。

　　小伙子说：你现在这样的处境，我们全家走不出没有尽头的苦难了。

　　国王迟疑了片刻，说：我会兑现我的承诺。

小伙子说：你现在两手空空，你在王位的时候，百姓已对你不满了，否则，邻国怎么轻易地占领了我们的疆土。

国王说：我知道了，我过去要啥有啥，现在要啥没啥，可是，我唯一值钱的还剩下这颗脑袋了。

小伙子说：我看到了沿途张贴着悬赏捉拿你的告示。

国王说：你杀了我，领到了赏金，不也是我兑现了我的承诺吗？我毫无怨言。

小伙子说：我还没到这种卑鄙的地步，国王，我认了命，我看见了我该走的路了。

国王说：先别走，看好啦！

小伙子闻声回头，只见国王手中的一把短剑一闪耀眼的光，瞬间绽出鲜红的花朵，随即，剑坠插在沙地上。小伙子急忙上前，接住那颗国王的头颅。他听见一堵墙坍倒似的轰起了沙尘。

国王的头颅发出声音：去吧，献上我的首级，我已兑现了承诺。

小伙子哭了。

半支蜡烛

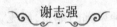

谢志强

那次出差,我来到北方一个陌生的小城市,投宿在一家普通的旅馆。进进出出的,都是陌生面孔。

房间内有三个床位。入晚,仍是我一人;我担心着随时可能闯进一个陌生人来。我看着电视,荧屏一闪一闪换着人物,很频繁。我略为轻松了。蓦然,荧屏内热热闹闹的人群没了影儿,室内一片漆黑,像隆重的舞会一下断了电。楼外的灯光也消逝了。整幢楼传出惊愕的呼叫。

我摸近写字台,拉开抽屉,捏住了空荡荡的抽屉一隅的半截蜡烛。这是我进入这个房间时,无意中发现的秘密。

半支蜡烛,很细很圆,也很凉,它躺了不知多久,几乎被遗忘了,连服务员清理房间时也忽视了它的存在。我捏着它。我没有火柴,捏着蜡烛,走出房门,能看到长长的走廊尽头一扇窗口外边朦胧的夜色。走廊内一片混乱,开门声、脚步声、召唤声。显然,大家都没料到断电。

于是,我想,我手里的半截蜡烛已有些年月了——人们似乎已经忘记了它的存在。可现在我握着它,生怕它失落。我握着它,我的体温通过掌心温暖了它。

迎面闪过一个身影。我说:有没有火柴?她说没有。她一开口,我才知道是个女性,声音使我想到了山泉。她喊服务员,声音包含着恐慌。我说我有蜡烛。她便朝走廊内毫无目标地喊,谁有火柴打火机,点个亮。她仿佛向人间呼吁。

我继续试探着朝走廊尽头的窗口方向走。我的眼睛渐渐适应了突然降临的黑暗。我像持着旗帜招兵买马,我大声喊:我有蜡烛,谁有火柴?那个女性也尾随着我协同呐喊。我说:这么多旅客,肯定会有火柴的。似乎自言自语,似乎在安慰她。

数步远,猛然跳出一朵火苗,像茫茫戈壁的暗夜中遥远处闪现出一堆篝火。他说快点快点。一个中年男子粗犷的喉音。

我赶上前,蜡烛的顶端棉芯接触了打火机的火苗,像恋人美好深情的吻。蜡烛的火苗陶醉般地摇摇晃晃,渐渐明亮起来,欢跃起来。它的光亮映出其他两张绽开了微笑的脸,接着,又惊喜地围过来几张陌生的脸,都笑着。我看着他们并不陌生的陌生的脸,我也笑了。我没急于返回房间。这亮光属于众人,我不能独自享用。

她说:你倒有经验,出差还备着这玩意儿。

我说:我在抽屉里发现的——我可没先见之明。现在出差到哪里会没有电灯呢? 在城市,蜡烛已成稀罕物了。

我持着蜡烛,缓缓地走过一扇一扇敞开的门——迎接光明的门,我十分乐意地接受里边的旅客偶尔提出借个光的要求。他们是在寻觅断电的瞬间失却或遗落的物件;找着了那物件,像重逢一样的欢欣,简直显出孩童的纯真。

我的心房也随着烛光一亮一亮闪动。这个旅馆这座城市不再陌生和恐惧——一个人进入一个陌生地难免生出的感觉。

经过一扇一扇敞开的门,我到达了房间门口。又是意外,霍然灯火通明,荧屏又出现一个彩色的世界。走廊传来惊喜的声音,接着,传来纷纷"砰砰"关闭房门的响声。我也关上了房门。

大象小象和人

梁晓声

　　我的朋友两年前亡于车祸。那一天是他的忌日,我到他家里去看望他的妻子和儿子。

　　我和那做母亲的正低声聊着,她的儿子背对着我们,全神贯注地在看电视。里面正在播着电视片《神秘的地球》。

　　那男孩说:"小象真可怜。"

　　一只孤独的小象,想在傍晚时分加入一队陌生的象群,但却不断地被拒绝。刚刚连跑带颠地追上那一象群的小象,又遭到同样的驱赶后,又一次横着倒下了……

　　那又一次横着倒在泥泞中的小象,伸直了它的鼻子和腿,一动不动了……

　　男孩自言自语:"可怜的小象死了。"

　　我听到他抽了一下鼻子。

　　于是我知道那男孩在流眼泪了。

　　然而那小象并没死,它终于还是挣扎着站了起来。

　　象群已经走得很远很远,远得它再也不可能追上了。小象六神无主地呆望一会儿,沮丧地掉转头,茫然而又盲目地往回走。

　　它那一种沮丧的样子,真是一种沮丧极了的样子啊。

　　有几只土狼开始进攻它,它却颠颠地只管往前走,一副完全听凭命运摆布的样子。一只土狼从后面扑抱住了它,咬它,而它仍毫无反应地往前走,头一点一点的,像某些七老八十的老头儿那一种走法。象皮的厚度,使它没有顷刻便成为土狼们的晚餐……

　　小象走,那一只扑抱住它不放的土狼也用两条后腿跟着走,不罢不休地仍张口咬它。另几只土狼，围着小象前蹿后蹿。

小象和土狼们，就那么过了一片水。

忽然，那小象扬起鼻子悲鸣了一声。

忽然，远处的象群站住了。

母象的耳朵挺了起来。

又一声悲鸣……

母象如同听到了什么权威的号令似的，一掉头就循声奔回来。而那象群，几秒钟的迟疑之后，跟随着母象奔回来……

它们寻找到了那一头小象……土狼们四散而逃……

大象们用鼻子抚慰着那一头小象，满怀怜爱心肠地收容了一个流浪儿，其他小象们也向它表达着自己的一份善良……

男孩一动不动地说了一个字："妈……"声音很小。

于是他母亲移身过去，坐在他身后，将他搂在怀里，用纸巾替他擦泪。

被象群收容了的小象，不慎滑入了一片沼泽，大象们开始营救它。它们纷纷朝它伸出长鼻子，然而小象已经疲惫得不能用自己的鼻子勾住大象的鼻子。它绝望地放弃了努力，任由自己渐渐下沉。大象们却不放弃它们的努力，它们都试图用自己的长鼻子卷住小象的身体将它拖上来，无奈它们的鼻子没有那么长。险情接着发生了——由于它们是庞然大物，沼泽旁的土一大块一大块地被它们踩塌，塌土埋在小象身上，小象的处境更危险了。这时，有几头大象走向了沼泽。一头，两头，三头，几头大象用自己的身体组成了一道防线，挡住了小象不至于再向沼泽的深处沉陷下去。同时，它们将长鼻子插入泥泞，从下边齐心协力地托起小象的身体。它们当然不知人类的摄影机在偷拍它们，它们只不过本能地觉得，既然它们收容了那一头小象，就应该像对自己的孩子一样对它有一份责任，哪怕为此牺牲自己。

那一头是首领的母象，此刻迅速做出了超常之举——庞然大物将自己的两条前腿踏入沼泽，而它的两条后腿，缓缓地缓缓地跪下了。对于一头没受过训练的野象，那无疑是很难为它的一种姿势……

它以那样一种姿势救起了小象。

大象们纷纷开始用鼻子吸了水替小象洗去身上的泥浆。身体干净了的小象，惊魂甫定，显得呆头呆脑的。大象和别的小象们就纷纷地用鼻子对它进行又一番的抚慰。那情形给人这样一种深刻的印象，如果它们也有手臂的话，它们都会紧紧地搂抱它似的……

　　男孩此刻悄悄地说:"大象真好!"是母亲的女人也悄悄说:"是啊,大象真好,大象是值得人类尊敬的动物。"

　　不料男孩又说:"可是人不好,人坏。"

　　良久,母亲低声问:"儿子,你怎么那么说?"

　　男孩回答:"我爸爸出车祸的时候,没有一辆车肯送他去医院,怕爸爸身上的血弄脏了他们的车座!"

　　刹那间,我的眼眶湿了。

咪妮与巴特

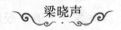

梁晓声

我第一次见到咪妮，是在去年夏天的一个中午。它"岿然不动"地蹲在小保安脚边，沐浴着阳光，漂亮得如同工艺品。看去只有两三个月大，一点儿也不怕人，显得挺孤傲的。

我问小保安："你养的？"

他说："我哪儿有心思养啊，是只小野猫。"

从楼里出来了一个背书包的女孩，她高兴地叫了声："咪妮！"旋即俯身爱抚。

小野猫仍一动不动，只眯了眯眼，表示它对人的爱抚其实蛮享受的。

那女孩我熟识，她家和我家住同一楼层，上五年级了。

我问："你给它起的名字？"

她"嗯"一声，从书包里取出小塑料袋，内装着些猫粮；接着将猫粮倒在咪妮跟前，看它斯文地吃。

我又问："既然这么喜欢，干吗不抱回家养着啊？"

她的表情顿时变得失意了，小声说："妈妈不许，怕影响我学习。"

"多漂亮的小猫哇，模样太可爱了！"不经意间，有位女士也站在了台阶前。我和她也是认识的，她是某出版社的一位退休编辑。

女孩立刻说："阿姨，那您把它抱回家养着吧！"

连小保安也忍不住说："这小猫可有良心了，谁喂过它一次，一叫，它就会过去。"

退休的女编辑为难地说："可我家已经有一只了呀，也是捡的小野猫。"

于是他们三个的目光一齐望向我。我也为难地说，几个月前，我家也收养了一只小野猫。

于是我们四个的目光一齐望向咪妮。它吃饱了,又蹲在小保安脚边,不动声色,神态超然地继续望街景。

巴特是一条流浪街头的小狐犬,有一岁多。小狐犬是长不了太大的,它的体重估计也就七八斤,一只大公鸡也能长到那么重。它全身都是白色的,只有鼻子是褐色的。

我第一次见到它,是在离我们这个社区不太远的一条马路的天桥上。我过天桥时,它在天桥上蹿来蹿去,充满惶恐,偶尔发出令人心疼的哀鸣。和我一样关注它的一位男士告诉我——他亲眼所见,一个女人——也就是它的主人,趁它在前边撒欢儿,坐入一辆小汽车溜了……

尽管我对它心生怜悯,但一想到家里已经养着一只小野猫了,遂打消了要将它抱回家去的念头。从那一天起,它成了附近街上的流浪狗。有一个雨天,我撑伞去邮局寄信,又见到了它。它当时的情况太糟了,瘦得皮包骨,腹部完全凹下去,分明多日没吃过什么了。白色的毛快变成灰色的毛了,左肩胛还粘着一片泥巴,我猜或是被自行车轮撞了一下,或是被什么人踢了一脚。

它分明想到对面的包子铺找点吃的,但连走到那里的气力也没有了,四腿一软,倒在水洼中。我赶紧上前将它抱起,否则它会被过往车辆压死。在我怀里,那小狗的身子抖个不停。我去棚下买了一屉包子给它吃。

以后,只要我在街上看见它,总是要买点儿什么东西喂它。渐渐的,它对我比较信任了。有次吃完,跟着我走,一直将我送到我们那个院子的台阶前。"巴特"是我对它的叫法,我小时候养过一只狗就叫"巴特"。

某日,我在台阶上喂咪妮,巴特出现了。它蹿上台阶,与咪妮争食猫粮,咪妮吓得躲开。

我说:"巴特,不许抢,一块儿吃。你看,有很多,够你吃的!"

我的声音严厉了点儿,它居然退开。当我将咪妮抱过来放在猫粮旁,巴特的头转向了一旁。那一时刻,这无家可归的可怜的流浪狗,表现出了一种令我肃然起敬的良好的教养,一种对于一条饥饿的小狗来说实在难能可贵的绅士风度。

我抚摸了它一下,又用温柔的语调说:"不是不允许你吃,是希望你谦让点儿。吃吧吃吧,你也吃吧!"

它这才又将嘴巴伸向了猫粮。两个小家伙吃饱以后,并没马上分开,而是互相端详,试探地接近对方。然后,咪妮卧在小保安脚边,一下一下舔自己的毛。巴特却不安分,绕着咪妮转,不停地嗅它,还不时用头拱它一下。

不一会儿,两个小家伙都睡着了。咪妮将下颏搁在巴特背上,睡相尤其可爱。

傍晚,我碰到那个经常喂咪妮的女孩,她在门洞里玩滑板。

她停住滑板,问我:"伯伯,你猜咪妮和巴特躲到哪儿去了?"

我摇头。

"我知道,你想不想去看?"

我犹豫一下,点了点头。

在我们那个院子最里边,有一处休闲之地。草坪上,曲折地架起尺许高的木板踏道。在两段木板的转角,女孩蹲了下去。

她说:"它俩在木板底下呢。"

于是我看到——咪妮和巴特,正在一块纸板上嬉闹。

女孩说:"纸板是我为它俩放在那儿的。"

看着一条被抛弃的、心理创伤很深的流浪小狗与一只孤独然而高傲的小野猫成了一对好朋友,我心温暖。

自那一天起,两个小家伙形影不离。

此后,喂它们东西吃的人多了。小保安不知从哪儿捡了两个旧沙发垫塞到了木板下,还有人将一大块旧地板革铺在踏道上,防止雨漏下去。两个小家伙喜欢相依相偎地睡在"家"里。据女孩说,咪妮睡时,仍将头枕在巴特背上……

偶尔,它俩也会跑下台阶,穿过街道,到对面的小铺子间逛逛。大概它们以为,人都是善良的。而街对面那些开小铺面的外地人,以及他们的孩子,确实都挺善待它们。咪妮和巴特,使那一条街上的许多大人和孩子的心,都因它们而变得柔软了。

我出差数日,返京第二天中午,吃罢午饭,我带足猫粮狗粮,去门洞那儿,却不见咪妮和巴特。

小保安说:"都死了……"

我一愕。

他告诉我——一天下午,咪妮和巴特又跑到街对面去,偏巧街对面停着一辆"宝马",车窗摇下一边,内坐一妖艳女郎,怀抱一狮子狗。那狗一发现咪妮和巴特,凶吠不止。那女郎没抱紧狮子狗,狮子狗从车窗蹿了出来,追咬咪妮。咪妮野性一发,挠了狮子狗一爪子;女郎赶到,见她的狮子狗鼻梁

上有了道血痕,说是破了她那高贵的狗的狗相,非要打死咪妮不可。小保安及时抱起咪妮,说咪妮不过是一只小野猫——有身份的人何必跟一只小野猫计较?而这时,巴特和那狮子狗,已扑咬在一起。女郎尖叫一声,从花店中冲出一彪形大汉,奔上台阶,看准了,狠狠一脚,将小巴特踢得凌空飞起,重重地摔在水泥街面上。咪妮挣脱小保安的怀抱,转身逃入院中。那女郎踏下台阶,也对奄奄一息的巴特狠踢几脚。一切发生在不到一分钟内。等人们围向巴特,"宝马"已开走了……

我听得目瞪口呆,良久才问了一句话:"那……那咪妮呢?"

"也死了……躲在木板底下,三天不出来,三天不吃东西……怎么叫它也不出来,喂它什么都不吃,我和几个小朋友把它跟巴特埋在一块儿了……"

我一转身,见说完话的女孩,无声地哭。

翌日,我终于想好了我要说些什么。在课堂上,在讨论一部爱情电影时,我对我的学生们说:"那种对猫狗也要分出高低贵贱的女人,万勿娶其为妻!那种对小猫小狗心狠意歹的男人,你们女同学记住,千万不要嫁给他们!"

生命的最后一天

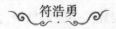

符浩勇

张新现在感到世界上确有人比自己强。他像个泄气的皮球,外面软了,内心也空,感到极度不安。他受过警察的审讯,受过街坊的辱骂,甚至痛打。那时,他只痛恨自己偷盗的技术太糟,根本没觉得胸腔里还有一颗心。而这颗心在这黄昏时候在跳动,在发热,在滴血,在受到审判。他望着偷盗来的红皮笔记本,目光呆滞……

本来上个月从看守所出来,他就决定不再干"钳工"行窃的事。他想改,却很难,就像知道吸烟有害却戒不掉。他曾发誓要好好做人,就拿出螺丝刀在手臂上扎一下,以示永志不忘,痛改前非。然而,今天是从看守所出来刚满一个月,他挤在公共汽车上,神差鬼使,他忘了发誓,忘了刀疤,顺手牵羊掏出一个姑娘的包中小包。钱不多,三百四十元,却还有一个红皮的笔记本。那姑娘下车离开前,他发现她还是瘸子。

现在红皮笔记本就躺在他的眼前。他拿起笔记本,先不忙打开,双手合十捧在胸前,默念着,希望在笔记本里找到比纸张更珍贵的东西。于是,他翻开笔记本,先在前后勒套里摸一遍,只见到三张过期的车票。他骤然记起有一回曾摸到一个大学教授的讲义,里面除了黑压压的文字,别无他物。

而他翻开笔记本的扉页时,一行并不秀气的字吸引了他:

要是人们把活着的每一天都当做生命的最后一天该多好呀!

——海伦·凯勒

单从名字看,他认定海伦·凯勒是个外国人,但是男是女就闹不清了。可他感到这话很怪异,活着就是活着,为什么要把它当做生命的最后一天呢?假如是我生命的最后一天,我今天还会去掏那个姑娘的包吗?况且她还是个瘸腿的姑娘,她包里也只有三百四十元。如果明天就要死去,还要这

些钱干什么呢？他想着，忽然感到左手有些麻木，就用右手捏了一下，显然，他看到了臂上的刀疤，而且明显感到手的麻木是刀疤引起的。疤已在开始隐隐作痛。他用力挤压着，似乎无济于事，这种隐痛有一种说不出的滋味，痛中带有酸感，还有痒刺的意味，仿佛心灵里某种神经在剧烈拉动刀疤。惯偷这个名字，自己几次下决心要改，可为何总是食言，今天算是幸运吗？简直是糟透了，他心里自问自答；钱偷的不多，可看到的字句是："生命的最后一天"，似乎也不吉利，真是明天就死的话，该有多惭愧，简直要悔青了肠；真的是明天死的话，该如何对得住那瘸腿的姑娘，会有人为我流一滴泪吗？刀疤的刺痛意味着死神明天就将来临吗……

他心里不安到了极致，翻开笔记本，里面还夹着一封信，收信人鲁毓进，一个姑娘怎么会起了一个男孩的名字？他好奇地掏出信笺看起来——

不要感到惊奇，我与你并不相识，但我心里早认识了你。我是在省报通讯中了解你的，对你尊敬而佩服，包括你的意志，你的毅力……

我比你大不了几岁，命运却比你差得多了。我也曾有过远大理想，但命运之神于我多么不公平，简直就是苛刻。谁让我患上了癌症？我绝望过，心空里的太阳落山了，远方理想的路堵塞了。我就是这个时候读到你的事迹的。开始我还怀疑，你的事迹是媒体的炒作，或者是社会正向引导的需要，可你确实身残志坚，同厄运抗争，特别是你引用的让人发奋催人向上的那句话，深刻地镂在我心上，"要是人们把活着的每一天都当做生命的最后一天该多好呀"。你及我也许可以说是同一类人，或者都是伴随过绝望的人，但你在绝望中找到了希望。我不知道，我还能活多久，也许每一天都是我的最后一天，但我不再惧怕死神，我要让死神看到我在人间大地上踩出坚实的脚印。冒昧地给你写这封信，并不祈求你安慰、同情或鼓励，我只想告诉你，生命的最后一天或许只是一种假设，而对于我，却是实实在在的人生追求……

下面的字句，他看不清了。落款署名是叶琦，或许也是个女的。

他像做了一场梦。他的心在痛苦地呼唤，一个四肢发达而心灵污染的人，在两个女性面前沉默起来。他的眼前出现了瘸脚姑娘单薄的身影，脑海里浮现有如一尊维纳斯和掷铁饼者合铸的铜像，第一次他感到人间确有一种奇特的东西。这种东西扎在他的胸膛并牵引他手上的刀疤。他又看了一眼那扉页上的字句：要是人们把活着的每一天都当作生命的最后一天该多好呀！人们，而我张新也算是个人呵。他苦恼着，比过去任何时候被人抓住揍打还要难受。

窗外，夜幕渐渐降临。他忽然觉得这或许是他黑暗日子的最后一天。他决定了，明天就按信封上的地址，将红皮笔记本和三百四十元给鲁毓进寄去。主意一定，他顿觉一阵少有的轻松，手臂上的刀疤似乎也不怎么隐痛了。

他找来一张洁白的信笺，开始写信。最后，他写道：从今往后，我也会将每一天当做生命的最后一天……

盗墓者说之舅甥

雨 瑞

明末清初。

六安城里有一条小巷,名叫"花井栏巷"。巷里住着七八户人家。

花井栏巷跟六安城里其他小巷有着明显的不同。一是这条小巷的居民都操着湖南一带的口音,一张口就让人知道不是当地人;二是这几户人家白日里基本上都是关门闭户的,整条小巷很少有人进出走动。可到了夜间,这里进进出出的人反倒多了,有的人还肩挎背扛地带着一些家伙什,行色匆匆,神秘兮兮。一开始大伙儿也不知道他们是做什么的,后来日子长了,慢慢地便了解到原来这几户人家是做"倒斗子"营生的。"倒斗子"是行话,也就是盗墓的意思。干这一行的在他们老家有个俗称,叫做"土夫子"。

倒斗子这活既是脑力劳动又是体力劳动,且一旦做起来坑上坑下的需要配合接应,一个人肯定是做不了的,需要一个班子现在叫"团伙"。但这一行又是个犯法的营生,人多了嘴就杂,容易坏事。所以一般来说,做这行的一个班子的人数在二至四人之间。还有一点,就是做这一行风险太大,同伴之间需要绝对信任绝对可靠。所以一般来说,一个班子中的主要成员之间,一般都是直系的亲属关系,像父子、兄弟、叔侄、舅甥之类的血亲。

住花井栏巷最里头的一家姓娄,人称娄老大。娄老大没有兄弟,也没有儿子,出活只带一个搭档,那就是他的外甥。这外甥姓什么,没人知道,大伙只知道他的外号叫"明白"。

六安在春秋战国至两汉时期是一块战略要地,曾出过不少名垂千古的大人物,像楚考烈王熊元、春申君黄歇、楚令尹孙叔敖、九江王英布、淮南王刘安、吴国大都督周瑜等。因此,六安一带的古墓葬是相当众多的。古墓虽多,但一来因年代久远,被盗掘的几率大,二来遇上荒年,很多人走投无路,新加入了盗墓的行列,这样,便使得古墓十室九空,成功的概率很低。有时偶尔遇上一个没被盗过的,却又是个小户人家,除了几个不值钱的坛坛罐罐,别无长物了。

干盗墓这一行是很需要眼光的,用当地话来讲就是"眼头子要尖"。有些新手逮着一个墓拿龙捉虎地忙活了好几个通宵,累得死去活来,结果却是个空墓。而那些老奸巨猾的"土夫子"们只要在墓周边瞅上一眼,再钻几个孔看看泥,便知道下面有没有"真货"了。这叫行家一出手,就知有没有。当然,这"眼头子"是靠阅历和经验练出来的,不是一朝一夕的事,也不是书本上能学得来的。有人曾说"中国的考古专家的师傅就是盗墓贼",这话虽有些偏颇,但也确有几分道理。

花井栏巷的娄老大便是"眼头子"相当厉害的老把式。他从十几岁起便跟着爹干这行,算来也有四十多年了。

娄老大开初带过一个徒弟,干了几年,后来卷了娄老大的几件好东西跑了。此后娄老大再没收过徒弟。三年前,娄老大的三妹生病去世,临终前将她的独子明白托付给了娄老大。

明白还真是个明白人,凡事一点就通。干这行虽只三年,却跟着舅舅学了不少东西。

几天前,娄老大在城东的一个山坡上看中了一口墓。于是,舅甥俩花了两个夜晚掏了一个盗洞。娄老大用绳子将明白吊进洞里,让明白在里面找东西。先前,这活儿都是他亲自动手。现在年岁老了,爬上爬下的不那么灵便了。再说明白是他的亲外甥,不是外人。

明白在里面忙活了一阵子,果然找到了不少宝贝:有一只影青瓷注子、一只青花赏瓶、一只斗彩高足杯,还有两面铜镜,几串铜钱。娄老大将明白和物件儿吊上来,问:"没了?"

明白点点头,说:"您放心,都翻了几遍了。"

舅甥俩将东西收拾好,回到了花井栏巷里睡大觉了。

次日晚上,明白朝娄老大要了一点钱,说是和几个要好的朋友去耍会牌,出门去了。"倒斗子"这个营生,有一条规矩。那就是徒弟在正式出师前是没有任何收入的。所有的进项都归师傅所有,师傅高兴了,可以赏给徒弟个仨瓜俩枣的,不高兴时,一个子儿也没有。

明白没事时喜欢和几个朋友耍耍牌,耍得很小,因为大了耍不起。尽管如此,还是常常欠下一些赌债。他又不敢和舅舅直说,只好硬扛着,有时免

不了挨顿暴打。

　　昨天晚上,明白下盗洞里去时,多了个心眼,悄悄将几件东西藏了起来。现在,他约了个平时最好的朋友金柱子,带了绳子悄悄到了昨晚的那个洞口。明白叮嘱金柱子在上面好好望风,并把吊绳系牢了。

　　明白将昨晚留下的东西装进一只大口袋里,让金柱子吊了上去,又喊金柱子快将绳子放下来,吊他上去。可自从口袋吊上去后,上面就没了动静。任凭他喊破了嗓门儿,也没见吊绳的影子。明白脑子"嗡"地一炸,知道金柱子这狗日的起了歪心了。从昨晚到下盗洞前,明白把心思全都放在如何对付舅舅身上了,万万没有想到金柱子会跟自己玩这一手!前些年,在一起合伙倒斗子的见钱眼开、相互坑害的事是屡见不鲜的。舅舅跟他也说过不少这样的例子,可他瞅着金柱子那傻傻的样儿,心里对他完全没有设防,真是大意失荆州呀!

　　明白在洞里悔呀悔呀,把金柱子祖上八代都骂了个遍,后来骂累了,便慢慢地睡着了。突然,朦朦胧胧中似乎有人在叫他的小名儿。他睁开眼,借着从洞口泄下的月光,模模糊糊看到一条从洞口垂下来的绳子,又真真切切听到有人在叫他的名字。仔细一听,心中一怔:是舅舅!

　　他应了一声,鼻子一酸,泪水就出来了。

　　出了洞口,他满脸通红地问舅舅:"您是怎么找到这儿的?"

　　舅舅阴着脸,鼻子里"哼"一声,说:"那青花赏瓶和斗彩高足杯向来都是成双成对的,这家是大户人家,不会不懂这规矩的。昨晚我没点破你,就是想让你得点教训!"

盗墓者说之空棺

雨 瑞

南宋时，六安西门有一个姓程的员外，家资巨万。程员外家中有一妻一妾。妻吴氏，曾生有一子，于八岁时不幸病故。妾许氏，也生有一子，眼下已有十五六岁的光景。

这年五月的一天，程员外及妻、妾三人突然暴毙，经仵作检验，系误食了一种有毒的蘑菇中的毒。令人吃惊的是，年过四十的吴氏居然还怀有身孕。所幸的是，程家的少爷这一天因外出讨账不在家，躲过了一劫。

程家少爷少不更事，家中的后事都是由其舅舅过来安排打理的。程家是大户，不差钱的主，丧事自然安排得甚是风光。

办过丧事之后不久，程家少爷便在其舅舅的帮助下，变卖了全部家产，离开了六安，到他的姥姥家——山东临沂去定居了。

话说那时六安有一个以倒斗子为生的主，姓钟，因其出生时重七斤，故小名为七斤。程家出殡时，七斤一直悄悄地混在人群里，注意到这一家的随葬的物件很是可观。待到程少爷离开六安，七斤便在一个月黑风高的夜晚，挖开了墓门，摸进了墓室。

宋代的墓多为砖室墓。墓壁有四方的，也有圆状的。上面一般是一个半圆形的穹顶。程家的墓室砌得很宽敞，里面按序摆着三口黑漆棺材。按规矩，中间是程员外，右为妻，左为妾。七斤打亮了火把，挨个地撬开了棺材，将里面的随葬物件一洗而空。可就在他撬开最后一口棺材时，他怔住了：棺材里居然没有尸体——这是一口空棺！这就怪了，下葬时，他是混在人群中瞅着的。三个人都被抬进了棺材，并当着众人钉了七八寸长的材钉，这尸体在棺材中，怎么会不翼而飞了呢？别说这口墓没人在他七斤之前进来过，就算有人先他而来，谁又会不盗金银财宝而去盗一具尸首呢？

七斤越想越觉得这件事有些蹊跷。但他明白,他自己所做的勾当原本就是违法的行径,当然是报不得官的。但这桩怪事既然让他给遇上了,他要是不弄个明白,一辈子心里也不会踏实。他想,这一家人中,唯一一个活着的,便是那位十几岁的少爷了。要想了解这家人的情况,首先必须得找到那位少爷才是。何况,这墓中丢失了的,也正是这位少爷的亲娘的尸体。于是,七斤将盗得的一些珠宝古玩拿去当了些银子,又找程家的邻居问了问程少爷姥姥家的大致方位区域。

南宋时期,六安常有一些贩茶的商人行走于安徽和山东之间,于是,七斤便驮了一些六安的茶叶,扮成茶贩子上路了。

大约半个月的光景,七斤到了山东临沂,费了九龙二虎的力气,终于打听到了许氏娘家的家门。他正要进去,忽然从这家的大门中走出一男一女两个人来,这男的正是程少爷,而这女的居然和那天下葬抬进棺材的许氏生得一模一样!七斤这一惊非同小可,他脑子里隐隐约约地觉得这件事里大有文章。

七斤没敢造次进这家的门,而是在斜对面的一家小酒店坐下来,要了两个菜,四两酒,一边喝着,一边与店老板闲扯。闲扯中,七斤证实了刚才那个女人就是嫁到安徽的许氏,而且这一带的人压根儿就不知道程家中毒死人的事,只是听说许氏的男人病死了,因此带了孩子回娘家来住了。

七斤回到六安,觉得这件事瞒不得了,便写了一个匿名的状子,只说城西程员外家的墓里有一口空棺,尸身跑了。又说在山东临沂某镇上有一女人酷似程员外之妾许氏,会不会是尸身"还阳"了,云云。

官府接到这个匿名状子,立马派人到程家墓地去察看,果然有一口棺材丢了尸体。于是又按状子上的地址,找到山东临沂,将许氏母子带回六安审问。一堂审下来,案情就大白了。程家自吴氏的儿子病故后,就只有许氏生的一个儿子了。也就是说,将来继承家业和香火的,也就是这个少爷了。但今年吴氏居然又怀孕了,这便让许氏坐卧不安起来。一旦吴氏又生了个儿子,那这偌大的家产便又是人家的了。因此,这女人召来在寿州做生意的兄长,策划了一个阴谋。那就是毒死这家人,夺得财产。为掩人耳目,堵人口舌,他们让许氏自己吃了一种可致昏迷的药。待下葬后,许氏的兄长又将其妹从棺材中抱出来,以解药救醒。然后变卖家产,逃之夭夭。他们原以为六安与临沂千里之遥,无人会找到这里。想不到刚刚才一个多月,便东窗事发了。他们在设计这个阴谋时,完全没有想到墓室会很快被盗,空棺会被盗墓者发现。也许，这也是冥冥之中自有天意吧？

官府破了这宗奇案，将犯案兄妹处了极刑。程少爷因并未参与阴谋，且又是程家唯一的骨血，训诫一顿放了。但原先运到山东的财产，被如数索回，罚没入官。

此案了后，官府又出一公告，悬赏五百两白银，寻找报案递状子的人。七斤看到这个公告，甚是得意，寻思自己在这桩奇案中是有功之人，拿点赏钱也是应该的。于是，便大脑一热，揭了榜文，大摇大摆地进了官衙。岂料他刚进府衙，便被早已埋伏在大门两侧的衙役们按倒在地，捆绑了起来。一个捕头皮笑肉不笑地说："一个盗墓贼，居然还真敢到官府来领赏，这还真是天下奇闻了！"

七斤伏在地上，叹了口气，自言自语道："师父临终前曾告诫过你，要你一辈子绝不可相信官府的人。你利令智昏，将他老人家的话当成了耳旁风，活该有此劫了！"

小雯的扫帚会唱歌

肖建国

刀郎走红的时候，头儿最喜欢唱那首《冲动的惩罚》。啧啧，歌词多美。

头儿只要有空，就不会让嘴巴闲着，翻来覆去就是那十几句。有时还用鼻子哼，间或嘘嘘地吹着口哨，听起来挺押韵、顺溜。

头儿唱在嘴上，想在心里。他也想拉着一个人的手，胡乱地说话。这个人叫小雯，刚毕业分配到单位的学生，戴副眼镜，白皙素净，如一粒盛开的苔米，走到哪儿都有一股淡淡的香。

终于有机会，头儿和小雯聚到一块喝酒了。小雯喝一点点，脸就红扑扑的。头儿一仰脖，咕噜咕噜就是一瓶青岛啤酒，然后抓起麦克风就唱：

如果那天你不知道我喝了多少杯，你就不会明白你究竟有多美，我也不会相信，第一次看见你，就爱你爱得那么干脆……

头儿唱得很卖力，小雯却没有一点动静，眼睛盯着电视，一丝不苟地看，生怕漏掉一个画面。头儿只得借着酒劲单刀直入，去拉小雯的手。在头儿的印象中，这应该是水到渠成的事。什么叫头儿？头儿就是大爷！没想到却被小雯挣开。再拉，小雯就反抗了。头儿气急败坏，一张脸拉得老长。

第二天，小雯就从办公人员变成了清洁工。头儿规定，每天上班前，整个单位的大院都要扫得干干净净，林荫道上不能留下一片落叶。

单位有钱，绿化得像个公园。树多，花多，路两边都是长满胡须的小叶榕。小雯特意扎了一把大扫帚，套上蓝色工作服，哗啦哗啦扫开了。

头儿看着小雯吃力的样子很开心，口哨也吹得更响。有时，头儿会以散步的形式靠近小雯，问，感觉如何？

小雯停住扫帚，抹把汗，很真诚地向头儿建议：后院水池边的那棵柳树应该移走，因为那是一棵旱柳，黄叶枯枝，没一点儿精神，最好换成河柳或是长叶柳。还有，月季不要栽在公园当中，南方的太阳毒辣，月季开花的品质会降低……小雯还想说下去，头儿已扭身走开了。

头儿不想再理睬小雯，可内心总觉得竖了一根草，细细的，拨弄得他极不舒服。

一天下着小雨，头儿破天荒早起了一次，他想看看在这种天气下，小雯是不是在坚持工作。穿着雨衣的小雯看到了撑着小花伞的头儿，忙向他招手。头儿心中窃喜，脸上却不露声色。

小雯说，头儿，你听，我的扫帚会唱歌呢！

唱什么歌？头儿怪怪地看着小雯在雨中哗哗地扫着随风雨飘零的落叶，一下，一下，又一下。

是《雨中即景》。小雯回答得很认真，并跟着扫帚声唱：哗啦啦啦啦下雨了，看到大家都在跑……

看着小雯自信且快乐的样子，头儿的胸中憋满了气。

气大伤身。为了消气，头儿往酒吧里跑得更勤了。找陪酒的小姐，唱《冲动的惩罚》，一遍又一遍，唱得街上的流浪狗都跟着汪汪地回应，以为是同伴在呼唤呢。唱来唱去，头儿总觉得心里不是个味儿。

一晚，头儿醉醺醺从歌舞厅里出来，上车的时候，脚下一软，摔了一跤。本以为没啥大事，谁知到医院一检查，竟查出是胃癌晚期。头儿彻底崩溃了，找遍了多家大医院，诊断结果都一样。头儿不想再折腾，就躺在家里静养。窗外就是林荫道，树木郁郁葱葱，一片碧绿。小雯还在当着清洁工，每天风雨无阻，依旧刷刷地扫个不停。

头儿临终前，突然对家人说，他想听歌。家人赶紧给他找《冲动的惩罚》。头儿却说不，是《雨中即景》。然而没等家人找来，头儿就咽气了。

事后，家人说，人死之前大都是大彻大悟，心跟明镜似的，而头儿却犯糊涂，要听什么《雨中即景》，家里根本没有那个带子啊。

老黑报靶

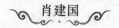

肖建国

　　团长李大麻子靠他爹老麻子几千块大洋买来这个官。李大麻子虽是个纨绔子弟,但喜欢玩枪。

　　李大麻子第一次练枪就杀了一名报靶员。三十米的枪距,他一匣子子弹打完,报靶员报一枪未中,李大麻子让报靶员扛着靶子过来检查。这一检查,李大麻子发现靶上有很多洞都被白纸隔着,其中一个已经破裂。李大麻子问:"这是怎么回事?"报靶员答道:"这是以前别人练枪射进的。"

　　"那么,这个呢?"李大麻子指着那个白纸破裂的洞,声音里充满了火药味。

　　报靶员一时没明白过来李大麻子的意思,愣了。

　　"他奶奶的,你竟敢谎报军情。"李大麻子对着报靶员就是一枪。

　　报靶员死后,老黑接班。老黑上班的第三天,李大麻子又过来练习射击。这次李大麻子一梭子子弹放完后,老黑钻出坑来报靶,乖乖,竟中了七枪,高兴得李大麻子满脸放光。

　　李大麻子问:"真的是我射的?"

　　老黑很坚定地说:"当然是团座射的。"怕李大麻子不相信,老黑一路小跑把靶子扛到他的跟前,不多不少正好七个洞。

　　李大麻子一高兴,奖了老黑两块银元。

　　李大麻子的技术有了长进,来射击场的次数也就多了起来。每次来他都要带上一些狗头军师一字排开练习射击,李大麻子练习的枪距从三十米增加到四十米、五十米。老黑报靶,每次李大麻子都是前几名。渐渐地,李大麻子竟得了一个"神射手"的外号。

　　这年冬天,湘粤联防军的一车军饷路过李大麻子地盘时,被一帮人劫走。押送的士兵抓住了一个劫匪,经严刑拷打后道出幕后主使是李大麻子。这可惹恼了湘粤联防军总指挥俞汉谋。可俞汉谋也不敢轻举妄动,虽说李大麻子只有百十个人,但李大麻子是远近闻名的神射手啊。若硬来,自己这边不知要死伤多少个弟兄。俞汉谋眼珠一转,计上心来。他亲自书写了一个"神射手"的匾牌,带着一个旅的人马吹吹打打往铁炉嶂而来。

李大麻子见总指挥亲自给自己送贺匾,真是受宠若惊,忙让手下士兵杀猪宰羊,大摆筵席,招待俞汉谋的队伍。正当大家酒酣耳热之际,俞汉谋身边的副官一跃而起把李大麻子按倒在地,捆了起来。

俞汉谋问李大麻子为何要抢自己的军饷,李大麻子赶紧跪下,对天发誓说抢军饷一事纯属冤枉,边说边向俞汉谋叩头,头皮磕得鲜血直流。为给自己找台阶,俞汉谋要求李大麻子亲手毙了劫匪,以证心诚。

李大麻子获大赦,兴冲冲地提起王八盒子直奔劫匪。俞汉谋却说:"你一个神射手,这样杀一个绑住的人多没意思。今天我们大家高兴,也想开开眼界,把劫匪放了,你打活靶吧。"

李大麻子满口应承。为了卖弄自己的枪法,李大麻子让劫匪跑出三十米后再开枪。劫匪撒腿就跑。旁边的老黑见劫匪跑了,就扯开嗓门高喊李团长快开枪。

李大麻子冲着老黑就骂:"你奶奶个熊,还没有三十米呢,嚷什么嚷。"等劫匪又跑了十几步,李大麻子这才提起王八盒子瞄准劫匪,"砰"的一声,子弹竟落在劫匪脚边。士兵们还以为李大麻子在玩猫捉老鼠的游戏呢,有人竟拍起了巴掌。李大麻子心发慌,子弹接连砰、砰、砰……等李大麻子打光了子弹,劫匪却跑了个无影无踪。

这一下所有的人都愣住了。俞汉谋一声令下,将李大麻子拉下去崩了。

李大麻子临死前只有一个愿望,就是想跟老黑说说话。老黑怯怯地来到李大麻子跟前,李大麻子飞起一脚踢在了老黑的裆部,痛得老黑哎哟连天。李大麻子说:"都是你小子害了我。"

老黑大哭:"团长,我若不这样,我早就被你打死了。是你自己害了自己啊!"

南方冬天不下雪

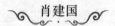

肖建国

南方冬天不下雪,风里却藏着针,刮在脸上针扎般的疼。

那个中年男人就站在十字路口,缩着手,一双冷漠的眼睛望着在街上穿梭的红男绿女。身后,为他抵挡寒风侵袭的是那个括号型的公用电话亭。

朋友称那中年男人叫胡子。那中年男人除了鼻梁和突起的颧骨外,整个脸上布满了又粗又硬的胡须。因为胡子多,很难看出他的实际年龄。

一连三年的冬天,胡子都出现在这座南方小城。

胡子的出现引起了朋友的兴趣。朋友住的豪宅就在十字路口的一侧。每天傍晚,朋友给阳台上的花浇浇水,给笼里的鸟喂喂食,一转脸就看到了胡子的身影。朋友看胡子,胡子看着人群,眼神漠然而专注。

朋友觉得奇怪:这人有什么好看的,两只眼睛一张嘴,两条胳膊两条腿。有病!

朋友知我生性爱静,不请我去卡拉 OK 而请我去泡脚。车出十字路口,天已完全黑下来,寒风冷冷地吹。我们看见胡子裹紧了衣服也正在前行,脚步颤颤的。我们要去的地方,就是霓虹闪烁的凤凰城。

朋友要了一楼的十八号房,并且点了十八号小姐来服务。进了娱乐城的小姐好像全都不是人了,在这里没有姓和名,有的只是胸前的数字和符号。

十八号我见过,是一位正在发育的女孩。额头、鬓角、唇边都长有细绒绒的汗毛,一副怯怯的样子。朋友说这是个刚出壳的雏儿,绝对不超过十五岁。我的心就莫名其妙地跳了两下。

自那以后,朋友就订下了十八号,按摩、洗脚、洗头,非十八号不要。十八号也如一只羔羊随叫随到。

然而,今天我俩等了近一个小时,十八号却迟迟不来。

十八号呢?朋友在回字形的走廊里截住了领班。领班赶紧赔着笑脸:她已经被人包下了,并且,十八号说今晚也不想上班了。

朋友感到很意外,脸上讪讪的有些挂不住。就在这个时候,我们听到了邻近的房里传来隐隐的哭泣声,是十八号。

朋友一把推开了虚掩的门,就见十八号正伏在一个男人腿上抽泣着,那男人竟是胡子。胡子在十八号耳边喃喃低语,对我们的闯入视而不见。

跟我回去吧,你还小,这里不是你来的地方。胡子说,小花、小芹已经回去了,老天保佑,总算让我找着你了。

跟我回去吧。胡子又说,你们栽下的小树苗已经长大了,长高了,溪流河上已架起了石拱桥,冬天你们再也不用趟水过河了。

什么乱七八糟的玩意?朋友听得不耐烦了,他要的是开心,要的是快快乐乐的享受。朋友问:她是你的女儿?

胡子摇摇头。

她是你的小老婆?

胡子又摇摇头,眼睛里充满了蔑视。很显然,胡子不情愿跟这种人说话。

这一下把朋友激怒了,砰的一拳打过去,胡子嘴角顿时就淌出了血。

十八号尖叫一声,扑过来奋力推开了朋友。

胡子却不同朋友争吵什么,抬起手臂不揩自己脸上的血,却替十八号擦了擦涌出的泪,眼睛里充满了怜爱:跟我回去吧,小伙伴们都在等着你呢。

十八号哭着跪了下来:老师,我对不起你!我再也不逃学了,我再也不躲避你了,明天我就跟你回去!

一声老师,不亚于一声炸雷,把在场的我们全都震住了。外面,狂风呼啸,一阵紧似一阵,刮得人心针扎般地疼。

能者勿戏恶

张　前

　　鹰是蛇的天敌,蛇对鹰闻风丧胆。但是,有一条蛇却决定向鹰挑战,为自己的家族报仇雪恨。蛇不会像鹰那样飞翔,也不会像羚羊那样奔跑,只好苦练喷射毒液的本领。经过几年的练习,这条蛇自信毒液的喷射已经达到了百发百中的水平。

　　这一天,蛇终于和鹰相遇了。

　　蛇既不躲藏也不逃跑,静静地俯在地上,挑衅地向鹰吐出火红的芯子,眼睛里喷出愤怒的火焰。

　　鹰迟疑了一下,因为,它以前见到的蛇可从没这样勇敢。不过,这反而激起了鹰的好奇心,它想看看,这条蛇究竟和其他蛇有什么不一样。

　　鹰飞旋在空中,锐利的眼睛紧盯着地面上的蛇。它越飞越低,离蛇越来越近。就在和蛇擦身而过的时候,蛇猛然昂起头,向它喷射了一口毒液。

　　毒液没有喷到鹰身上,因为鹰的反应实在太灵敏了。

　　"哈哈,就你这水平,还想射中我吗?"鹰看到蛇除了毒液喷得高点远点外并无其他本事之后,就放松了警惕,并对蛇嘲笑起来。

　　蛇没有理会鹰的嘲笑,继续找准机会瞄准、射击,"吱、吱⋯⋯"毒液都落空了。

　　鹰更加得意地笑起来,它在空中滑行、俯冲、盘旋⋯⋯动作迅速而优美,灵活而矫健。鹰也不知道,自己为什么突然有了这份闲心,也许它是想让蛇从此以后打消反抗自己的念头吧。

　　蛇在地上拧着麻花,身体开始有点颤抖,可是,它仍旧坚持瞄准着空中的目标,伺机发起新一轮攻击。

　　"哈哈哈,毒液快用完了吧? 你这坏家伙!"当鹰又一次巧妙地躲避开蛇的毒液时,笑得更得意了。

　　这时,一只躲在岩石后面偷偷观看的山猫伸着懒腰走了出来,也许是看得不耐烦了,它对着刚要飞上天空的鹰说:"你何必费尽力气和一条恶毒的蛇斗呢?虽然蛇很难射中你,但是,它每次失误带来的损失也就一口毒液而已,可你,只要一次失误,失去的可就是你的生命呀!"

　　鹰听了山猫的话惊出了一身冷汗。是呀,何必要劳神费力跟一条根本就不是自己对手的蛇斗呢?

　　即将再一次振翅飞上天空的鹰改变了主意,它决定马上吃掉这条蛇结束战斗。可是,毕竟刚才飞得时间太长了,鹰感觉翅膀有些僵硬,飞翔速度有些迟缓。就在这时,蛇瞅准了机会,一口毒液喷射出去,正好落在鹰的眼睛里。

　　鹰重重地摔在了地上。临死前的一刹那,鹰十分后悔,因为,原本它是有机会吃掉蛇的。

可以慢条斯理

刘·玲

　　朋友在建材市场经营装饰瓦,各式的瓦打包靠墙堆放,因为不断倒腾,加上风吹雨淋,捆瓦的绳子或松懈或沤烂断掉,很多已经不能整包提起。而且因为要不断加新货接退货,朋友没有按类收纳,堆放得有些混乱。

　　这样的情形让我闪过一个念头,若是我,这片天地一定被打造得锃亮排场。那一片片瓦色泽多么光鲜形状多么可爱,何以在他这里灰头土脸身陷囹圄般怯气?

　　朋友和前来帮忙的小兄弟要做的工作是捆紧或更换捆瓦的绳子,然后归类。两个人抽着烟插科打诨,喝着茶游游逛逛,顺便捆一把搬一下。

　　我马上参与进去,第一时间安排了最佳的劳动方案:我不熟悉业务,负责把散乱的各类瓦堆放在一处;朋友的腰受过伤,不能长时间蹲坐,负责分类;小兄弟是熟练工,负责捆绑,然后我们一起按类摆放。实际操作下来,效果很明显,眼见着一处处敞亮起来。

　　朋友说,这些活我们平时根本不当回事,想起来的话,我就搬凳子干一会儿,你嫂子在一旁给我端茶递烟,顺带说说话,从不拿小鞭子在后面撩着,我们没有规划没有进度表,想哪儿弄哪儿。

　　我不得不承认,单身的生活和工作中必须独当一面的历练,让我的大脑程序化了,那就是,为什么不要求效率? 任何事情都得要效率。

　　我说,你说得不对,如果没有规划没有章程怎么能赚到钱,像你这样,货懒懒散散没有一点气场,客户都不会深刻地记住你,人气怎么会旺?

　　朋友直言自己从来都是散漫经营,有些言语上不对路的客户我都不带管理。事实上,我还真看到了,他不怎么对客户赔尽笑脸,用尽心机,件数少的还不带装不带送,说说笑笑大有爱要不要的架势。但是,这一下午生意还真是没断过。

原来,真正的烟火生活不必设计很缜密的条条框框。无论买家还是卖家,没有我想的那么累。

我戏言,如此说来,我这样大刀阔斧地让你的地盘儿改头换面,一下子把活儿干完了,剥夺了你多少乐趣啊,嫂子得有一段时间不能在你干活的时候给你送温暖了。

朋友笑笑:还真是那么回事儿!

不禁长叹,原本生活是可以适当随意的,而我总是在要效率,拿等同于工作的心态打拼生活让我错失了一种美,一种温水沏茶,枝叶慢慢舒展如同花朵悄悄开放小溪潺潺流过的静谧的美!

留出距离，呼吸

刘 玲

　　还在很小的时候，家里只有一张桌子，横着排了三个抽屉，妈妈和我、弟弟各分一个，爸爸占了两侧柜子中的一个，空出来的那个柜子放公物，大家的抽屉柜子都不乱翻的。其实只是爸爸的柜子放了一些严肃的东西，是他出差的票据，记事情的笔记本，我们都不敢打开。有一次我猛一下拉开柜门，流动的空气把那些票据带起来飘出去几张，爸爸拿到台灯下排了好久才搞定。

　　妈妈的抽屉只是放了些针头线脑，也是没有动过。

　　弟弟的小天地里一定充满了诱惑吧？彩色的弹珠、有故事情节的贴画，那个时代特有的小玩具都是有的，我也是征求了意见才敢拿出来，玩过了按原样放回。

　　即使是我最铁的发小，也不会不经我的允许翻动我的抽屉。那里有我的小发卡、有机玻璃片、断齿的小梳子，甚至有正走路看到的一枚陷在泥地里的好看的扣子，我抠出来洗干净也当成宝贝收在这里的。就只是这些，也必须由我打开翻给他们看。

　　在学校，小姐妹之间熟悉了总要到对方家里去喊一起上学，或者星期天到她的家里玩上大半天，就此认识她的父母兄姐甚至邻居，这是常有的。

　　那时候到谁家里是没有电话联系的，想到了就去。

　　五年级的时候，美芳是我的好朋友。一次她来找我，一挑帘子，我和弟弟正打得热火朝天，我甚至踢掉了一只鞋子，披着头发，一脸的泪痕，哭闹着抓他，妈妈提着笤帚轮番揍我们的屁股。这以后，我就有点不想看到美芳，很长时间才释然。

有时是我看到了不想看到的场面,巧的妈妈站在台阶上骂巧的爷爷,老人家已经缩着身子了,她还亦步亦趋用手点着,骂出的话是"老不死"那类的。巧急匆匆从家里冲出来,拉着我走,走到一个拐角的时候,说了一句,她其实不是我的亲妈,后妈都这样。我又怎么会不知道,这个女人就是她的亲妈。

我读大学的时候,是二十世纪九十年代中期,大家都还保守。小情侣之间表达情意的一个方式,就是把两个人的饭票放在一起,由女生保管,一日三餐约在餐厅门口,一起买饭一起吃,完了一起去洗碗。

现在想来,这也是那个年代大学里提前进入柴米阶段的一种方式吧。我和亮子是没有动过这个念头的,如果一日三餐都已经定过了和谁一起吃饭,掐着点在固定的地点等着,碰到自己不想吃饭或者和别人有约,口袋里却还装着对方的饭钱,那是多么麻烦的一件事。

因为没有在一起吃饭,我和亮子更把在餐厅的偶遇当成惊喜,我们习惯在人头攒动的餐厅,用目光搜寻心里的那个人,一下子看到的喜悦,一定超越了一天三次在他面前嚼饭的感觉。

等到我们这个年龄,已经有很多人有足够的能力搬离父辈置下的家业。拥挤的路段、不合理的设计、两辈人同住的尴尬,这些都成了翅膀硬朗之后我们置家的理由。

我在单位是有些死党的,大家心照不宣不去讲团购。我们白天是见面最多的人,怎么可以忍受下了班,一下又在对门看到刚刚挂了电话的鱼儿,楼下是那个做了点腥汤就大呼小叫的梅梅,楼上是气温增减都会提醒我们的康,几家的孩子还要上蹿下跳,是不是要搞成儿童乐园?鱼儿还敢跟老公使小性子吗?消息传出去几分钟就来了亲友团。梅梅还敢指使老公给自己洗衣服搓澡吗?康还好意思天天下楼去给老婆取牛奶热好了喂到嘴边吗?我还好意思几天不收拾房间,一副我行我素闲人免入的架势吗?

走得太近,这些情趣和休闲断然就没有了。

在工作上,肯定要接触一些其他行业的人,我是不排斥接触之后留下电话,没事坐坐加强联络的。

但有这样的人,彼此有了工作上的合作,于是就觉得跟自己很熟识了,

没事儿就约吃饭,遇到推托还要问得很细致,那你怎么吃的饭?和谁一起吃?我就很恼火,事实上真的已经很熟,但我还是喜欢大家始于工作止于工作,如果没有太投缘的感觉或者很有必要延伸的理由,我还是希望彼此相忘于江湖,即使有一天再合作,如果都有念及的诚信和尊重,一样可再联手。

我觉得除了心,家,是最隐私的空间。现在还有人不打招呼来造访实在是不礼貌。

我听到敲门的时候,回答的那个人声音很低,我以为是经常与我逗乐的老爸,但老爸来访也会先预约。我带着疑惑打开门,却是一个工作上有来往的男性。他说,打你电话关机,就找来了。

我确定了一下没有太重要的事情必须在这个星期天找到我,找到我家,我脸上就不好看了。连我最亲密的朋友来我家,也是先打我电话,等我稍稍做一些"功课"才登门的。我这样穿着睡衣,披头盖面,牙齿都没刷,屋里屋外一派狼藉地迎接你这个不速之客,是你尴尬还是我尴尬。

于是,我任由他坐在客厅里,脚踩着黏糊糊的地面,脸正对着厨房一池子没刷的碗,女儿在卧室大呼小叫,我穿着拖鞋走过来走过去,连水都没给倒一杯。

其实可以上升到文明这个层面。现代文明,就包括彼此不要走得太近,这样,我们的呼吸才顺畅。

喝与品

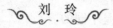

刘 玲

那天，鱼儿来我办公室，神采飞扬地告诉我，真正陈年的普洱茶要上万元一杯，而且，茶商要和喝茶的人论茶道，验证是喝茶的主儿，才会斟上给他，否则出钱也是喝不到的。

我是第一次听说，但并不觉得惊奇，用心爱着的事物，万不能用金钱衡量。

我1996年参加工作，工资刚刚拿到三百元，买一件上档次的衣服都不够，但我却不吝啬到歌厅唱歌的花费。那时候，还没有包房，只在大厅，一般都有几拨人在消费，点的歌写到单子上，送到音响间，按顺序放。和我常去的，是一位也喜欢唱歌的女友。五元一首的消费，在当时算贵了，要唱到差不多百元，才会心满意足地离开。

有一次付账后准备离开，老板追出来对我说，以后你来这里可以免费，因为你是真正爱唱歌的人。因为免费唱歌就有供人娱乐之嫌，我当然拒绝，而且，自己不花钱，就不会特别用心了。以后很长时间，我依然光顾，依然付账。

工作以后，接触公文多了，渐渐忘记了自己的笔常触心灵之处，人，也客观呆板了一些。一次，到复印店打印材料，结识了一个自己写书的女人，再婚的她在丈夫的支持下，写书祭奠亡夫。我在鼠标的指引下读到了出自一个家庭主妇之手的生涩文字，我被深深地感动，我要求把这些未成形的文字带回家，逐字逐句为她润色修正。

完成的时候，这个女人现在的丈夫，一个有身份的人，约我到家中小酌，临走送了我一套自己珍藏很久的紫砂壶。也许，在他的心中，具有艺术气息的紫砂器具是要配送文化人的。

　　对于茶，我很少喝，即使喝，也只是为了解渴，而用紫砂来盛，那叫品茶。自己也不是附庸风雅之人，当时接过去，觉得真是受之有愧，委屈了这套紫砂精品。就像我从来不养鱼，不养花，如果只是为了装饰家居，不能用心对精养的事物熟通熟知，不如不养，不如让真正爱它们的人来呵护。

　　最终，我把那套紫砂茶具送了人，送给的人，交情不深，也没有特别的理由，就是因为，他是懂茶的人。紫砂与其在我这里尘封，不如让懂它的人把玩品味，于人、于紫砂，都适得其所。

　　所谓，于茶而言，喝与品是不同的。

杀人刀

乔 迁

杀人刀是一把刀。

杀人刀是一把江湖刀客们惧怕而又渴求拥有的刀。

因为，杀人刀可以让任何刀客的头断落。想杀人的人，想得到杀人刀。不想杀人的人，害怕面对杀人刀，害怕被杀，因为杀人刀是用来杀人的。

江湖上哪时哪刻不蔓延着杀人和被人杀的血腥气息。

忽一天，江湖传闻，杀人刀的主人杀人者要退出江湖。江湖上的杀与被杀，无所谓对与错。杀人者杀了那么多人，也没有人计较他的对与不对，有的只是，杀人者退出了江湖，杀人刀归往何处。

江湖上没有人希望杀人刀跟随杀人者一同退出江湖。

河开柳绿，春风渐暖。杀人者决定在清明时节正式退出江湖。

杀人者江湖传书，在退出江湖的那一刻，他将杀死最后一个人。

谁是杀人者要杀死的最后一人呢？杀人刀又将归宿谁家呢？江湖刀客们从来没有过这样兴奋与不安。

兴奋的是，谁都想成为杀人刀的归宿者；不安的是，谁都不想成为杀人者要杀死的最后一人。

可是，江湖上谁都有可能成为杀人者要杀死的最后一个人，谁也都有可能拥有杀人者的杀人刀。

清明节。细雨纷飞。

杀人崖。

杀人者端坐杀人崖。

杀人者还是壮年，可杀人崖上的杀人者，却是一头白发，根根银丝在细雨中飘散。

杀人崖下的厮杀声越来越惨烈,江湖刀客们为了杀人刀的最后归宿,已急不可耐地开始了拼杀。刀与刀的撞击声,刀客被杀的惨叫声夹杂着丝丝细雨不断地浮上杀人崖。

杀人者痛苦地垂下了眼帘。

杀人者轻轻地飘下了杀人崖。

所有的刀客立刻都停下了手中的刀。

杀人者的杀人刀并没有随着杀人者一同走下杀人崖。

所有的刀客精神都为之一振。

杀人刀不在杀人者的手里,杀人者如何杀人呢?眼前的杀人者,往日仇恨的面容看不到一丝杀气,俨然就是一个和蔼的老人,面对着一群拼死拼活的刀客,茫然而不知所措地注视着。

刀客们等待着杀人者最后的诺言。

杀人者突然一扬手,一道白光从杀人崖急速而下。

杀人刀! 有刀客惊呼。

刀客们惊魂倒退。

刀客们稳住脚步,再看杀人者,神情愕然。

杀人刀已然插进了杀人者自己的胸膛。

杀人者死。

刀客们面面相觑,杀人刀杀死了杀人者。

杀人者要杀死的最后一个人就是他自己。

没有人去拔插在杀人者胸膛的那把杀人刀。

缓缓地,江湖刀客们缓缓地跪倒在杀人者的面前。

杀人者用江湖上人人惧怕的杀人刀杀死了自己,就是留给江湖刀客们最后也是最好的忠言。

只要是刀客,只要手中有刀,就摆脱不了要杀人和被人杀。

而天下的刀,本不是用来杀人的,是因为人想杀人了,刀才具有了杀人的功能。

杀人者的刀,在没有成为人人惧怕的杀人刀前,就是一把普普通通的砍柴刀。是因为杀人者用它杀人了,它才成了一把杀人刀。

现在,江湖刀客们手中的刀,又有哪一把不是杀人刀呢?

刀客们丢掉了手中的刀,掩埋了死者,扶起伤者,离开了。

江湖从此不再血雨腥风。

亲吻爹娘

江 岸

可能是爹的瞎话说多了,娘总是不相信爹的话。清早,刚睁开眼睛,爹就对娘说,小三子亲了俺。娘根本不相信。孩子长大了,和爹娘有了天大的隔阂,不嫌弃爹娘就不错,还会亲你的老脸?

娘狐疑地问,你又梦见小三子了?老东西,又说瞎话。

爹急赤白脸地说,是真的,不是做梦。谁说瞎话谁是地上爬的。

爹娘疼爱断肠儿。小三子兄弟三人,小三子最小。小时候,小三子经常钻在爹娘的怀里,搂着爹娘的脖子,小鸡叨米似的在爹娘脸上啄。爹娘下田回来,被小三子啄几口,心里甜丝丝的,浑身的疲劳就烟消云散了。小三子长大以后,再也没有亲过二老了。但是,爹娘都没有忘记小三子鲜嫩如花的小嘴啄在脸上那种麻酥酥的感觉。自从小三子离开家乡,娘总做小三子亲她的梦,到底做过多少次,她自己都记不清。爹梦见这样的场面比娘少得多,所以每梦见一次,都稀罕得不得了,一睁开眼睛,就兴致勃勃地讲给娘听。有时候,娘都梦见小三子好几次了,爹还一次没梦见呢,爹就编瞎话给娘听。娘每一次听了都直撇嘴。

娘撇着嘴说,你是少见多怪,俺早被小三子亲腻了。娘满脸不屑的表情,其实,她心里酸酸的。毕竟,老头子梦见小三子亲他的这个晚上,她的梦连小三子的边儿都没挨上。

爹没好气地说,谁和你比做梦了?俺是说前天进城,小三子亲俺了。

娘惊异地瞪大了眼睛,嚷道,真的?你昨天回来的时候,咋不说?

你让俺说了吗?俺一进家门,你的问题一个接一个。小三子瘦了吗?小三子胖了吗?小三子白了吗?小三子黑了吗?俺嗓子干得冒烟,连喝水的工夫都没有。你都不能问问俺,渴不渴,饿不饿,累不累?

老东西，你现在不渴不饿又不累，快给俺说说，小三子咋就亲了你？

小三子大学毕业以后，没有找到接收单位，在城市流浪。转眼间，秋风吹黄了黄泥湾所有的山头，还没有小三子就业的消息。小三子吃什么？小三子穿什么？小三子住在哪里？这一切，都是拧在爹娘心头的死结，怎么都解不开的沉甸甸的疙瘩。娘织了毛衣毛裤，爹卖了一千斤稻谷。爹背着包袱，揣着钱，进城去看小三子。见到爹的一刹那，小三子欢叫着跑过来，抱了抱爹。

老东西，小三子不是没亲你吗？娘斜了爹一眼。

你能不能别插嘴，让俺把话说完？爹瞪了娘一眼。

爹在城里小三子租赁的房子里住了一夜。第二天早晨，小三子送爹回家，临出门的时候，小三子突然抱住爹的脑袋，在爹的腮帮上叭地亲了一口。爹猝不及防，愣了，小三子也愣了。小三子松开爹的脑袋，愣愣地看爹。看着看着，小三子的眼泪流出来了，越流越欢，像家乡门前潺潺的小溪。小三子流着泪，缓缓捧起爹的脸，在左脸上亲了亲，又在右脸上亲了亲。最后，小三子紧紧抱着爹，趴在爹的怀里放声大哭起来。

小三子的泪滴进了俺嘴里，爹咂咂嘴，回味着说，咸津津的。

娘的泪水像门前的小溪汛期来临，哗地流了出来。娘哽咽着，喃喃地念叨，小三子，俺可怜的小三子……

不到半天时间，老朱家的小三子亲他爹老脸的故事就传遍了整个村庄。老朱家一家三口成了村人的笑柄。人们说着笑着，笑歪了嘴，笑痛了肚皮。

自古以来，都是大人和不懂事的孩子互相亲亲，何曾见过黄泥湾哪个人高马大的小伙子亲爹亲娘的？这个小三子，没羞没臊的，肯定是在城市待久了，流氓电影看多了，学坏了。学坏了不要紧，你去找个姑娘亲呀，你爹的老脸糙得像树皮，亲着有啥意思？还有小三子的爹，也越活越没出息了，这种事儿还拿回来说说。小三子的娘最好笑，这是多么光彩的事儿吗？值得她大喇叭似的到处宣扬。

秋去冬来，小三子回家过年。春节那几天，日光飞逝，小三子很快又要离家。小三子临走的时候，爹娘把他送到村口。邻居簇拥着他的爹娘，一起为他送行。人们都想瞧瞧小三子亲爹亲娘的西洋景儿。可是，小三子挥手再见了，放开脚步走了，也没有亲亲爹娘。

突然，人群里响起一个银铃般的声音，三子兄弟，不亲亲你爹你娘再走？

小三子停下了脚步，慢慢转过身来。

爹郑重地说,是呢,你娘等了这么多天呢。

小三子脸红了,笑了一下,扔掉行李,大步流星地向爹娘奔过来。他弯下高大的身躯,半跪在娘的面前,紧紧抱着娘佝偻的腰身……围观的人们早就预备了响亮充足的笑声,准备开怀大笑,可是,没有一个人笑得出来了。几个大婶还摸出皱巴巴的手帕,擦拭着眼角悄然涌出的泪花。

杀生

江 岸

"下了雪,我扫出一块空地来,用短棒支起一个大竹匾,撒下秕谷,看鸟雀来吃时,我远远地将缚在棒上的绳子一拉,那鸟雀就罩在竹匾下了。什么都有:稻鸡,角鸡,鹁鸪,蓝背……"

读初中的时候,我从鲁迅先生那里向少年闰土学会了冬天捕鸟的方法。

于是我很盼望下雪。盼了几天,老是不下雪,我就将捕鸟的事儿连同刚学的课文一起忘记了。

有天夜晚突降暴雪。早晨起来一看,天上飘扬着鹅毛大雪,院子里积满了雪,放眼望去,整个黄泥湾变成了银白的童话世界。

有个念头在脑海里电光石火地冒出来:可以捕鸟了!

我和妹妹按照少年闰土的方法,在院子里迅速布置好一切,等候鸟儿就食。等了许久,终于有一只斑鸠飞进院子,落在空地上,啄食稻谷,一点一点往米筛里面走。我一扯绳子,米筛扣下来,严严实实罩住了它。我们欢呼雀跃起来,朝院子冲去。我将手伸进米筛,小心翼翼地掏出斑鸠,捏紧它小小的身体。它并不挣扎,头低垂着,温软的身子顺从地伏在我的手心里。我仍然害怕它会飞掉,让妹妹解开头绳,捆住了它的翅膀。

初战告捷,我信心大增,更加耐心地守候,希冀再有收获。如果捕到三五只鸟儿,就可以打一次牙祭了。可惜的是,仿佛真的"千山鸟飞绝"了,我的阴谋未能再度得逞。

我和妹妹捧着那只孤零零的斑鸠,让娘将它杀了。娘叹口气说,人为财死,鸟为食亡,怪可怜的,放了它吧。我们不肯放,哼哼唧唧地缠娘。娘不耐烦地说,它能有多少肉,害它一条命,值得吗? 我们的嘴巴撅得像拴牛桩。娘没好气地说,要杀你们自己杀,反正我不杀。

的确,这只斑鸠瘦骨嶙峋,饿得只剩下一张皮和一身凌乱的毛羽。幸亏妹妹不停地喂它稻谷,它才多少泛出一些活气。但是,它再瘦,总还是一团肉吧?

我和妹妹太想吃肉了。我家好久没有动过荤,记得还是秋天的时候,娘从姥姥家回来,带回来一小块腊肉。腊肉呈黑黄色,似乎还有几条肉虫在里面蠕动。我看到这截放置许久的宛如劈柴一样的腊肉,恨不得立马咬上一口。娘切了几个大萝卜,和腊肉一起炖,炖出满屋子馥郁的香气。香气关不住,一缕缕飘散出来,浸透了整个村庄。平时,娘做饭的时候,我和妹妹总是跑出去同村里的孩子们疯闹,不喊不回家;可那天傍晚,我们一直围着锅台转,轰都轰不走。开饭了,爹和娘只吃了几片萝卜,喝了几口汤,却将仅有的几块肉平均分配在我和妹妹碗里。我们迅速消灭了所有的腊肉,意犹未尽地舔着油光光的嘴唇。爹和娘苦笑笑,摇摇头。

在我人生最初的旅程里,适逢以阶级斗争为纲甚嚣尘上的年代。黄泥湾和全国各地一样民不聊生,甚至有过之而无不及。在这个深山老林中的小村里,人们过着食不果腹、衣不蔽体的潦倒日子,度日如年。人是杂食动物,在那样的年代,我们只能专食植物,孔子因闻美妙音律而陶醉得三月不知肉味,我们却是远离肉食便终年不知肉味。长大成人以后,我常为五短身材不能飘然过市而自卑,更为在爱情和社交场合备受冷落而激愤。这确乎是那个困厄年代给我打下的深刻的烙印。

娘不杀斑鸠,我想自己杀。妹妹问,你敢吗?我豪迈地说,有什么不敢的?

我跑进厨房,抓起菜刀,将斑鸠按在菜板上,手起刀落,斑鸠头颅落地。它小小的脑袋滚在一边,眼睛圆睁着,似乎看着我。它的小爪子轻轻晃几下,就一动不动了。几点血珠从断开的脖子里滴出来。

那一年,我十三岁,妹妹七岁。

那是我平生第一次杀生,也是唯一的一次。

妹妹飞快地跑出去,告诉娘,哥哥剁了斑鸠的头。

娘飞快地跑进厨房,看到了身首异处的斑鸠,愣了,定定地看着我,一言不发。娘看我的眼光,我觉得非常陌生,好像不认识我。娘冷森森的眼神仿佛一柄冰冷的刀子,一下子刺进我的心灵深处。我感到前所未有的害怕,哇的一声大哭起来。

许多年过去了,我早已忘掉了斑鸠的滋味,却忘不了娘不怒自威的神

情。从那以后，我再未杀生，我们家买鸡买鸭买鱼买虾，大都由妻宰杀。妻笑话我男子汉大丈夫居然这样懦弱，我默认了。

谁知八岁的女儿更胜乃父一筹。妻买回几条活蹦乱跳的鲫鱼，正好煮新鲜的鱼汤，女儿却不让杀，听任鱼儿一条条瘦下去，一条条死掉，我们只好吃炸鱼。我不知道女儿长大以后看到这篇文章对我当年杀生作何感想，恐怕她无由体会生活的艰辛，我只想对女儿说，感谢上帝吧，让你生在一个丰衣足食的年代。

我深深祝福女儿以及和女儿一样花季的孩子们一生丰衣足食。

清香

曾·平

没有人知道他为什么要来这里。事先没有一点征兆,说走就走。越野车颠簸了大半天,才到。

所有联系都是在车上进行的,用不着他亲自,集团办主任就在身边。他的风采,当地官员只能通过电视领略。他能到石头乡来,当地那些官员,真恨不得把他当菩萨供奉起来。到这时,他的三个随从,才知道老板到这穷乡僻壤做善举来了。用得着这样吗,一个大集团的老板,睁开眼睛,多少事等着啊!集团办来个秘书就得啦!没有人敢说,整个集团都是他的,他想怎样就怎样。

果然没有大队人马候在那里。官员们虽然招商引资急迫,他这位财神的话还得听。倒是有两个人点头哈腰地迎上来,说是来带路,自我介绍说是书记和乡长。他止住了书记乡长准备好的一大堆好话,说去学校看看。书记乡长一脸茫然,劝阻说,那地方,有什么好看的?

他要干的事,谁阻得了?他一迈开步,书记乡长就在后面乐颠颠地跟着。

学校不远,十来分钟就到。有书声,正上下午最后一节课。书记乡长急匆匆叫来校长,要他马上组织老师学生,搞一个欢迎仪式。他火了,吼,干什么啊!你们!书记乡长赶紧打住。他要走走。校长书记乡长赶紧跟着。有什么好看的,就簸箕那么大的一块地方,一眼望到头。

他在一棵树前站住,树,高大挺拔,在校园里鹤立鸡群,老师孩子都叫它风水树。他问,这棵香樟树,还在?

校长说,在!在!

他说,该有上百年树龄啦!校长困惑,说,王先生,你怎知道?他笑笑,

137

不答,说,树下还有一口井,那水,比蜜甜。校长更加困惑,说,王先生是石头乡人?他摇摇头。校长赶紧补充说,那井,现在还在用。校长就请他去看井。透过清澈的井水,他看到了自己难得的笑脸。

他问,你们这里还没有教学楼?

校长发着牢骚,说,从他走进这个地方起,就盼星星盼月亮地盼着有幢教学楼。校长师范毕业,到这个地方,三十年了。

他问,你们这里还没有操场?

校长更来气,说,他宁愿不要教学楼也该平一块操场。这巴掌大的地方,哪像学校嘛!书记乡长赶紧诉起苦,说,哪来钱啊!校长也赶紧附和说,就是!就是!

校长突然想起了什么,说,王先生,你到我们学校来过?我怎面生得很!

他摇摇头,笑笑,说,可能是在梦里吧?

走到一间教室前,一位女老师正在给孩子们布置作业。教室一下子静下来,所有的目光都向他聚过来。他径直走向一位孩子,从孩子的屁股下面拿起一束香樟。香樟叶已经枯黄,显然不是一天两天了。

他说,你们还用这香樟叶垫坐?教室里,所有的石头板凳上,全垫着一束束香樟叶。

校长挺尴尬地笑着说,都这样,几十年了。香樟叶垫屁股,香!暖和!

校长很困惑,问,王先生,你怎知道我们这里的孩子用香樟叶垫屁股?

他没有回答,把香樟叶举在鼻子前,嗅了又嗅,说,真的香啊!他对那孩子说,把这束香樟送叔叔好吗?

孩子脆生生地说,叔叔,如果你喜欢,我马上给你去摘,鲜的香樟叶还香!我们这里,到处都是香樟林。随着孩子的手势望过去,真的是一片片碧绿茂盛的香樟林!徜徉其间,该有多少醉人的清香啊!

他很快离开了学校。没有座谈,没有捐赠,没有承诺。弄得书记乡长校长一头雾水,恍恍惚惚的,以为出了什么差错。

临上车的时候,他提到了一个人,不经意间,淡淡的。

校长马上回答说,晓得!晓得!二十年前,师范一毕业,就到我们学校啦!那可是比香樟还香的一位女孩啊!校长感叹说。

集团办主任跟随老板十多年了,从没听说过。赶紧吩咐校长找人。

校长说,十六年前,就辞职走啦!

集团办主任问,去哪里了?

校长说,怎知道?

集团办主任还要问,他摇摇手,止住,上车走了。

过几天,集团办主任再次来到学校。他向校长转达了老板准备捐资改造学校的意愿,方案,学校提;钱,集团出。突然降临的好事让校长激动得语无伦次。集团办主任说有条件,学校得冠一个人的名。校长马上应承,出那么多钱,冠老板一个名有啥?

集团办主任说,要冠的名不是老板,是他临上车前提起的那个人。

新学校很快破土新建。

与此同时,龙兴实业集团公司董事长身患绝症的消息也在社会上风传。人生四十,正如日中天啊!

躺在病床上的他,嗅着那束枯黄的香樟,看着集团办主任从石头乡小学带回的录像资料。画面上,一幢教学楼拔地而起,几台推土机轰鸣着,推出一大块开阔的平地。

他泪流满面,喃喃自语:小云,你知道吗?

至爱

曲　辰

　　每个人都会有自己的至爱。它可以是一本书,也可以是一部影视剧,还可以是一个人,更可以是神往已久或曾经走过的一个地方。你每天羁绊于凡尘俗事,几乎就忘了它的存在,然而总在某个不经意的时刻,它会从你芜杂的生活中跳出,渐渐浸润了你的整个身心,让你心中升腾出一种吾道不孤的温暖。

　　潜意识里,你是希望你爱的人爱你的至爱。一直以来,你钟爱阅读"语录体"的图书,比如周国平的《人与永恒》,比如李碧华的《聪明丸》。那里凝结了太多的人生智慧,不时给予你启示和提升。某日,你满腔热情地向一个敬重的朋友推荐,他却不屑一顾:切,太小儿科了吧? 你定格了笑容,再看他的书架,维特根斯坦啦巴赫金啦一大堆,那大约是他的至爱,却让你头大。得,你我还是互相饶了对方吧,各自珍存自己的至爱。

　　至爱无言,不便与外人道矣。至爱不同,多说无益,至爱相同,又当如何? 不识五线谱的歌者郑智化,也是你的至爱。他或浅吟低唱,哀挽逝去的爱情与岁月,或激越高呼,批判斑驳的人生与社会。他创作的歌词就是一首首诗,或婉约或豪放,搔人痒处,动人心扉。如今他已退出一线了,又有多少人知道郑智化的名字呢? 终于有一天,你哼唱郑智化的歌的时候,身边的某人又惊又喜:你也喜欢郑智化? 你以为找到了同道,相识了知己,准备投入热烈的回忆,但说着说着,你感觉到不对劲儿,你和他说的是郑智化,却分明不是同一个人! 那只是因为你和他有着不同的经历,你扑灭了心中的火焰,黯然神伤。

　　至爱可以具象为一本书,一部影视剧,一个人,一个地方,最终似乎又不限于此。比如路遥的《平凡的世界》之于你。你不得不承认,如果《平凡的世界》没有获得茅盾文学奖,如果路遥没有去世,或者他去世后媒体没有炒作,你可能会与之擦肩而过了。你的目光能停留在这儿,那就是一种缘分。你第一次对炒作充满了好感。许多年后再看《平凡的世界》,对你来说,人生指导上的意义要远远大于文学文本上的意义。平凡而不平庸,高尚而不高傲,主人公的精神烛照着你一路前行。由此,你关注着与路遥有关的一切。你不仅购阅他写的书,即使各种版本互有重复也在所不惜,而且疯狂地搜罗着写他的书,《星的陨落》《路遥在最后的日子》《魂断人生——路遥论》……别人惊叹不已,说,我怎么在市面上从没见过这些书? 你笑笑,颇有禅意地答曰:心里有,眼里就有,心里没有,眼里就没有。久了,某年某月的某一天,你心里忽地生发了一个愿望:将来为路遥写本传记! 有了这个念头,你很激动,也很害怕。至爱就是这样逐步升级,也必将缠绕你的一生了。

　　总有一天,你会发现自己至爱的缺陷,那是缘于你的成长。在《正午田野》里,刘亮程居然拿日记来"充实"自己的书了,字里行间依稀可见他的疲态,思维停止了,语言只是靠着熟练的技巧铺排——让你爱恨交织,那个从"一个人的村庄"走出的刘亮程,真的是江郎才尽? 然而就像人不能抛弃自己的过去一样,至爱也无法一笔抹杀。有缺陷的至爱毕竟是至爱,它们有的已附着于你的骨血,有的已渗入你的皮肉,有的更生成为你的气质,难以割舍。这样,你就明白了,人们对李亚鹏周迅版《射雕英雄传》的批判,实际上是过分地宠爱着黄日华翁美玲版,那是他们的至爱。1980 年,比物质更为贫乏的是精神和文化,为看一部《射雕》,他们不辞辛苦,奔走数里,聚集在小黑白电视机前,如醉如痴。那已经成为他们生命的一部分,即使有缺陷,可在他们的眼中,只有美好的记忆,就像这新版的《射雕》,也许将成为另一代人的经典和至爱。

　　每个人都会有自己的至爱,每个人的至爱又都有着鲜明的时代色彩。一个人的至爱,透露了这个人的经历与性格,而一代人的至爱,却叙述着这个民族隐秘的历史。至爱永存,一如这生生不息的蓝色星球。

烟灰爱情

海 飞

　　他的名字叫骆驼,以前他抽的香烟也是骆驼牌。香烟盒的底色是淡黄的,暗喻着广阔的沙漠。背景图案上有金字塔和棕榈树。

　　那时候,骆驼喜欢叼着烟,把手插在牛仔裤的裤袋里,对着女孩子吹口哨。骆驼对很多女孩子吹口哨,其中有一个成为他的女朋友。女朋友喜欢笑,总是咪咪地,很温婉可人又不乏风情的那种。后来女朋友爱上了一个不会抽烟的男人,那个男人比女朋友大十五岁,而且有家室。女朋友离开骆驼的时候很决绝,说你太嫩了,我不喜欢嫩头青的。骆驼就望着女朋友的背影,一下子抽了整整一包骆驼牌香烟,把舌头给抽麻了。

　　骆驼继续抽着骆驼牌香烟,继续对着女孩子吹口哨,其中有一个后来嫁给了他。辛苦挣钱,买房、装修,结婚、生孩子,骆驼变得像骆驼一样辛劳。几年过去,家总算安定,有些像模像样了。这时候,他突然不想抽骆驼,他抽起了白沙。他看着电视广告里的白沙,鹤在画面里飞翔着。广告语很动人,"鹤舞白沙,我心飞翔"。他笑了,对妻说,我也要飞翔。

　　骆驼和朋友一起经营公司,很苦的。又是几年,骆驼一个人把公司给盘了下来,奋斗后的骆驼成了老板。他不再抽白沙了,他抽一种叫做中南海的香烟。那是一种尼古丁含量极少的烟,一种恬淡的烟。他的性情,也变得温和。他开始健身,有规律地生活,宽厚地对待任何人。看到叼着香烟吹口哨的小男人时,总会摇着头笑笑。每年春天,他都要去医院做全身体检。骆驼问医生,能不能抽烟? 医生说,你的身体很棒,但是别问我能不能抽烟,因为我的答案只有一个,别抽。

　　骆驼后来果然就不抽烟了。许多人都说,这老烟枪,是戒不掉的。骆驼笑笑,说,没有什么戒不掉的东西。骆驼不再抽烟,他坐在窗明几净的办公室里,打电话,谈生意,接待朋友,谈笑风生。他好像越来越有风度了,不抽烟,也不反对别人抽,只是笑笑,嘴角微翘的那种笑。后来,他就认识了一个女孩子,大学毕业没多久,喜欢笑,总是咪咪地,很温婉可人又不乏风情的那种。女孩说,我男朋友抽烟的,我男朋友抽烟的时候,很有风度。你为什么不抽呢?

他笑笑,仍然是嘴角微翘的那种,很迷人的淡淡的笑容。女孩的目光,就变得柔软了,她轻轻地叹了一口气。有一天,一个叼着骆驼牌香烟的男孩气冲冲地来找骆驼,刚好女孩就在骆驼身边。男孩指着骆驼的鼻子说,你为什么要拐走我的女朋友?骆驼笑了,说,没有,我没有拐走她。不信,你问问她。女孩赶走了男孩,说,你叼着烟大吵大闹的,像什么样子。

一家咖啡吧里,女孩子对骆驼说,我和男友分手了,我不太喜欢他吹口哨的样子。骆驼就笑了,眼前浮现自己涩涩的青春。他对女孩说,多年以前,我也抽骆驼牌香烟的,我也吹口哨。骆驼又说,一支标准长度为八厘米的烟卷,燃烧时间是八分钟左右。烟灰飞落的过程,可能就是一段又一段的爱情。我不想要烟灰一样的爱情,所以我不抽烟了。与保证健康有关,但关联不大。骆驼把目光投向窗外,看到了一大片的苦涩又难忘的青春。

一包红稗子

马 卫

　　我从师专毕业后，一直在教初中。教过的学生已有两千多，因此每年教师节总有学生来看望我，或寄点礼物表达一下他们的心意。

　　想不到，今年教师节，我却收到一个大大的包裹，上面没留邮寄者的姓名和地址，从邮戳上判断，它来自新疆。打开包裹，我一下子目瞪口呆：里面是一包稗子。在农村生活过的人都知道，稗子是种讨厌的植物，它在田里，生长得比谷子快得多，如果不除掉它，必然会抢占谷子的营养，抢去谷子的阳光和水分，因此农民不得不"薅秧"，其实就是除掉稗子。

　　那一瞬，我血上涌，心口堵。想不到辛辛苦苦二十多年，居然得到的是这样的回报。于是我在网上发布消息，一定要查出这个人来。

　　网上的消息返回快，终于通过我的学生们查证，在新疆只有一个学生，他叫吴海浪，是八七级的。那时，我刚刚从师专毕业，分在凉水中学教初一的语文，他就是那届的学生。我记起来了，三角眼，尖脑壳，细麻腰，一看就是鬼精灵。可他读书不专心，全用在歪点子上。比如给同学的书包中装只癞蛤蟆，在女生寝室前放蛇皮，反正调皮至极。我在课堂上讲，同学们，不要做稗子，要做谷子。当然大家明白我指的稗子是谁，都拿眼睛朝吴海浪看，这个从来没有红过脸的孩子，终于低下了头。

　　二十多年了，关于稗子的记忆早忘了，想不到今天收到了一包稗子。

　　一定是他寄的，因为只有他在新疆。

　　我再把那个包裹拿出来左看右看，还是不得要领。最后干脆倒出稗子，秘密出现了。里面还有一封信，信封上写着：马卫老师收。下面落款是：学生吴海浪。我急忙打开信，读后潸然泪下。

　　"马老师，我十分感谢你，你当年用稗子喻我，让我幡然醒悟。当兵后，我考上了军校,成了军医。马老师,真的感谢你。不久前,我从一个同学那儿得知,您的喉咙得了病,哑了声。我查了好多书,才从《医类汇编》中查到,在我们新疆有种红稗子,泡酒喝,治失声很有功效。我特意寄来一包,你试试。有效的话,我以后再给你寄。"

一包红稗子,让我重新认识生活。

最美丽的风景

王琼华

初夏的一天,我陪几个外地朋友去游览东江湖。不凑巧,这天的天是阴阴的,但游轮上的人们兴致很高,笑声不断。

于是,朋友中一诗人脱口而出:"满载笑声看风景。"

"其实,是一船金铃般的笑声。它散落江面,就成为无边无际的一湖金箔。"

我们一起回头看,因为声音是从我们身后传来的。这是一个穿白衬衣的男子扶着舷杆说的。显然,他不是要与诗人交流,因为他说话时面向东江湖,与他相伴的还有一个身着粉红衣的女子。两人肩挨肩,一起欣赏湖面风景。

看样子与这两名游客还不好搭上腔,我和朋友相视一笑。这时,耳边又响起白衬衣与粉红衣的对话。

"阳光要真像橘色薄绸一般抛洒下来,这浩渺东江湖也就美不胜收了。""我说,在这早晨太阳的抚摸之下,不仅散发着迷人的光泽,也散发着芳香的气息。"粉红衣稍稍一歪头,"你闻到了吧。"

白衬衣耸耸鼻子,点点头:"这气息确实芳香。"

我一时糊涂:眼前明明是阴天,怎么会有阳光抚摸?还有,阳光抚摸下散发的芳香气息真能闻到吗?

"你看,好多鱼!好大的鱼呀!"粉红衣叫道。

我顺着她的手势望去,没有发现一条鱼。

白衬衣却点点头:"看到了。青色的,红色的,灰色的,还有赭色的……"

"有赭色的鱼吗?"

"这不稀奇。东江湖的鱼本来就是五颜六色的,就说红色的鱼,也有粉红、淡红、大红、橘红之分。你看——"

"好漂亮的鱼。一湖水,其实就是一湖彩色鱼。"

此时,我真有点儿糊涂了。难道我这个近视眼今天忘了戴眼镜?我下意识地抬手摸摸眼镜,也想看到这群五颜六色的鱼……

少顷,白衬衣又难抑激动地说:"看哟,一群鸥鸟!"

"在哪儿呢?"粉红衣稍稍抻了抻脖子,向湖面远处望去,"我看到了,哟,羽毛还熠熠生辉,太好看了!"

我又是一愣:湖面上确实有一群不知名的鸟儿飞过,可怎么会熠熠生辉呢?看看两人侧影,年龄也有三十好几了,说话却这般诗情画意,难道他们在背诵诗文?

云,压下来了,有些想下雨的样子。游轮四周已是雾蒙蒙的。

白衬衣说:"湿漉漉的。咦,起雾啦!"

"是呀!我摸到雾了!"

摸到雾?我一怔,下意识地把手伸向空中,用拇指和食指捻捻,也想找到摸雾的感觉。此时,一些游客开始埋怨这湖区的小气候。于是,游艇上似乎少了几分笑声,平添了淡淡沉郁。

粉红衣却还在往下说:"一丝丝,一缕缕,萌芽着,生长着,弥漫开来,这又是东江湖一景。"

"东江湖也乘着雾气移驾仙境了。"

这几句对话似乎又抚平了船上的怨言。人们都不约而同重新眺望雾中东江湖,大家好像一下子找到了一番别样的风景。

我突然想:这船上的人都应该感谢他们旁若无人的对话。但我实在闹不清他们怎么会这样浪漫地欣赏东江湖。我想找机会与他们搭几句话,可游轮靠码头了。

"叔叔,阿姨,我们上岸啦。"一个小姑娘向白衬衣和粉红衣走过来,伸手扶着粉红衣。粉红衣又牵着白衬衣的手。

说话间,他们一起转过身。

这一刹那,我和朋友都惊呆了:白衬衣和粉红衣都是盲人!

我心里陡然激动起来。景由心生,是啊,人间最美丽的风景,其实就在人们心中生成……

花开的声音

李永康

　　一天,有位学僧问禅师,如何悟道?

　　禅师微微一笑,当着众僧的面送了一盆花给这位学僧。学僧不知究竟。问禅师,这花有何妙处? 禅师微笑不语。

　　学僧把花放下后,仔细观察,这株花一根主干上发了两个枝丫,枝丫上也长了叶子。鹅蛋形的叶子呈深绿色,越往高处颜色越浅,叶子是透亮透亮的。叶子的表面有浅色的绒毛。乍一看,三朵桃形的花骨朵藏在叶子间似有似无。

　　学僧想,这花没有什么特别之处啊。又想,禅师是不会无缘无故送我花的。明天他一定会询问这株花的长势。

　　果然,第二天禅师早课就问他,那盆花长得好不好? 学僧回答说,植株很壮,开出的花一定很漂亮。

　　禅师又微笑着叫他好好观察。

　　学僧更用心了,值更的时候也随时瞪大眼睛留意。

　　一天又过去了,禅师问他,那花有什么动静?

　　学僧回答说,虫唱歌的时候,它静悄悄的,风舞蹈的时候,它就点点头。

　　禅师又微笑着叫他好好观察。

　　学僧想,师父一定是叫我观看花开花落的过程。

　　学僧不知道这花的名字,更不明白花是白天开还是夜晚开。于是,白天他做完功课就守在花盆边,夜晚也盯着花盆。

　　如是几天过去了,叶子还是深绿的深绿,浅黄的浅黄,花骨朵只是大了一些,并未开放。

　　禅师不咸不淡地问了一些花的状况,还问了浇没有浇水等等。

一年过去了,花何时开的何时谢的,学僧还是错过了。

第二年,那株花又长了新叶,又起了花骨朵。

禅师还是时常问起他花的情况,还是叫他好好观察。

这天晚上,学僧值更实在是太疲倦了,不由自主地伏在花盆边打起盹儿来。迷迷糊糊中,他听到几声柔柔的响声,像丝绸被撕裂一样清脆,瞬间,一阵欢笑声传来,伴随着一股沁人心脾的芳香。学僧睁开眼睛,声音没有了。他只看见三朵花骨朵正徐徐地绽放,花蕊跳着舞冉冉释放出金色的香雾。

学僧笑了。

白天早课,禅师见到学僧一脸笑容,就说,我知道你终于听见了花开的声音。学僧脸一红如实回答,是花开的声音叫醒了我。

禅师说,平常心即道,道无处不在。虽然花开的声音最为美妙,但花开了却要谢,可是,花谢了又可以再开,生命的精彩就在这花开花谢的过程中。

学僧恍然大悟。

生命是美丽的

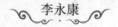

李永康

　　举目远眺，没有绿色，天是黄的，地是黄的，路两边的蒿草是焦黑的。尽管来这个地方之前，我有充分的心理准备，可眼前的景象还是让我大吃一惊。最难的是给乡村孩子们上课，书上好多外面世界的精彩，他们闻所未闻。一些新鲜的词汇，我往往设喻举例讲得口干舌燥，他们却是一脸陌生。

　　有一天上自然课讲到鱼，我问同学们鲫鱼和鲤鱼的区别，他们一个个都摇头。他们压根儿就没走出过大山见到过鱼呀！我和学校领导商量，买几条回来做活体解剖，校领导露出一脸难色。我只好借了辆自行车利用星期天骑了三十多里路到一个小镇上自掏腰包买了几条回来。

　　那节课，同学们高兴得像过节一样，我却流下了热泪。

　　听当地的老师讲，这里的学生有个最大的缺点，就是上课爱迟到。但开学两个月来，我教的班还未发现过这样的现象，为此，我非常得意。我当年读初中的时候，不喜欢哪位老师的课，就常常采取这种极端的行为来"报复"。虽然最终受伤害的是我，我当时就是不明白。现在我也为人师表了，如果我的学生这样对待我，我又作何感想呢？

　　世界上的事就是怪，不想发生的事偏发生了。我把那位迟到的学生带到办公室了解情况。原来他家离学校有二十多里路，他如果要准时到校的话，早晨5点钟就得起床，还要摸黑走上十几里山路。夏天还可以对付，可眼下是深冬——寒风刺骨。我要求他住校，他说他回家和父母说说。第二天，他却没来上课。我非常着急，找了个与他家相隔几个山头的同学去通知他，他还是没来。

　　我在当地老乡的带领下，来到了他家。忽然间，"家徒四壁"这个成语从我的记忆深处冒了出来。面对他的父母，我哽咽着对他说，老师不要求你住校,只要你每天坚持来上课就行。离开他家的时候,他父母默默地把我送过好几道山梁。

出乎意料的是,家访的第二天,他居然背着被褥来到学校。我心里非常激动。可没隔几天,他又不来上课了。

我再次来到他家里。他父母告诉我,说他小时候常患病,身体弱,有尿床的坏毛病,他怕在学校尿床被同学笑话。

我问他想不想走出大山。

他说,想。

我说,要走出大山就得好好读书。

他抹着眼泪点点头。

我说,相信老师,老师会帮助你的。

这个冬天,每天早晨等上课铃响过后,我和另一位老师轮换着去查他的被褥。如果是湿的,我们就悄悄地拿到自己的寝室里烘干。

做这些工作,我们既是在尽责任,更是凭良知。坦率地说,我心里也有过埋怨:这个学生从来就没有当面向我说过半个"谢"字——想到这一点我就脸红——我是不是太自私太虚荣太渴望回报了呢?

一件事净化了我的灵魂。

我知道山村孩子的渴求,他们需要知识,更需要做人的道理。

课外活动时,我尝试着给他们读一些脍炙人口的诗篇:"风雨沉沉的夜里/前面一片荒郊/走尽荒郊/便是人们的道/呀,黑暗里歧路万千/叫我怎样走好/上帝! 快给我些光明吧/让我好向前跑/上帝说:光明/我没处给你找/你要光明,你自己去造!"

一双双纯洁晶亮的眼睛盯着我。我又声情并茂地朗读着穆旦的《理想》:"没有理想的人像是草木/在春天生发,到秋日枯黄/没有理想的人像是流火/为什么听不见它的歌唱/原来他被现实的泥沙/逐渐淤塞,变成污浊的池塘……"

下课后,同学们都围过来,要我把诗集借给他们传抄。我既高兴又担心。

我看了他们摘抄的诗,有的抄了顾城的《一代人》,有的摘录了惠特曼的《我自己之歌》,有的摘了穆旦的《森林之魅》。我心里充满了喜悦。那住校的学生却写了这样一句话:老师,你让我懂得了这样一个道理:生命是美丽的!

霎时,我的眼泪夺眶而出。

英雄

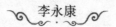

李永康

　　穿过宽敞的院坝,我来到这座像办公大楼的宿舍区。

　　这时,一位瘦瘦的大爷在一位同样是瘦瘦的大娘的搀扶下慢慢地从大门口走过来。

　　我迎上去握住被人称为聋子大爷的老人的手——与其说是握,不如说是轻轻带着。老人的手早已失去光泽而变得有点儿干枯了。他的老伴掏钥匙去开门,我试图要牵着老人,老人轻轻拂开了我,僵直而倔强地踱着碎步自己摸进了屋,我小心翼翼地在后面跟着。老人终于走到窗前的书桌边,一只手靠在书桌上,躬下身从书桌下摸出一条小方凳,递给我后,自己也在椅子上坐下。

　　大娘进门后就去另一间屋子里忙——大爷家是两间连通的屋子,一间做卧室兼起居、吃饭、会客,另一间做厨房带洗漱。

　　老人从书桌的抽屉里摸出一盒烟,颤颤地抽出一支给我——却递到我右边一尺远的地方。我说不会,他还是停在那里不动,我忙去推他的手,他这才收回去捏了捏,又颤颤地划了根火柴,点燃后,使劲将火柴甩了甩,戳在桌上的黑色烟灰缸里。

　　老人问我,你来采访给组织上打过招呼没有?我们接受采访是有纪律的。

　　我看了看老人的眼睛,那是一双没有光泽的、无神的、不会活动的假眼。老人没等我回答,又说,你应该多去采访一下别的同志,我们这里住的人都是有一些故事的。

　　我大声说,我想先听听您老人家的故事!

　　厨房里的大娘提醒我说,同志,他听不见你说的话,你不讲话,他还是会给你说他那点破事儿的。

　　果然,老人打开了话匣子:我是响应国家的号召,抗美援朝保家卫国,雄赳赳气昂昂跨过鸭绿江,去到朝鲜战场的。遗憾的是,我上战场连半个敌人的影子也没有看到就成了一个废人! 你说我这人咋就这么没有用呢?

　　老人叹息一声,吸了一口烟继续说,刚刚跨过鸭绿江,就听到隆隆的枪炮声。我们白天就隐蔽在树林中,晚上才开始行动。四周漆黑一团,伸手不见五指,只跟着前面的人的脚步走。走着走着,只听轰隆隆一阵炮弹声,我就倒在了地上,并感觉脸上有热热的东西在流淌,双腿动弹不得,左手也失去了知觉。我晓得自己挂彩了,赶紧扯出急救包里的绷带缠在头上和膀子上。不敢大声喊话,又看不见——当时我还不知道眼睛被炸坏了,只好躺着,一动不动。不知过了多长时间,有人猛扑在我身上。天上又来了几架敌机对着我扫射——可能是白天了,我的白色绷带暴露了目标——这是我们上战场时就被告知了的。我什么也听不到的时候,去推压在我身上的同志,可是怎么也推不动,我身上已经被黏稠的东西湿透了,我穿的衣服还是有点儿厚。凭直觉我知道我身上的同志为了保护我而牺牲了——我至今也不知道这位同志的名字,我这条命是这位无名的同志换来的!

　　老人的烟要燃到指头了,我用手碰了碰,提醒他一下,老人又吸了一口,在烟灰缸里摁灭。接着说,后来,我被后方的同志送进了医院,并送回了祖国治疗,又被政府安排到疗养院,每个月还有工资和营养费,我很知足了!

　　我很想知道他的家庭情况,比如有没有后代之类。

　　老人似有感应般地对我说,我十八岁当兵,残废后回来,第二年就结了婚,生有二男一女。儿女们的家在农村,他们都过上了幸福的生活。

　　老人咳嗽了一声平静地说,我其实没有故事,我也对别的来采访的同志说过不止一次,我算什么英雄,真正的英雄是那在战场上牺牲了的同志!

　　这次采访过去了很长时间,我的心情也一直无法平静下来。

藏狼的智慧

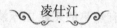
凌仕江

我怎么也没想到,他那么一大把年纪了,居然会同一个年轻人打赌:藏獒绝对没有狼厉害。

可是我看到的报道都宣称藏獒比狼厉害得多。

那纯属误会。一位老猎人,在大漠落日下,一边燃起柴火煮酥油茶,一边自信地对我说。大漠的一侧是多吉原始森林,森林之上是茫茫雪峰,雪峰的背面就是印度。如今,猎人已丢枪多年,成了多吉森林的护林员。

我说,不对,绝对不可能啊。怎么电视上告诉人们的都是狼斗不过藏獒呢?

我可没看过电视,也不知道电视是个什么东西。老猎人不屑的样子让我想起美国"反电视协会"成员的面孔。我只见过比藏獒厉害的狼,沙漠和森林交界地方出没的狼。他的手,指向柴烟飘过的那道交界线。那是我同你差不多年轻的时候啦……老猎人舒展胸膛,仰起头,将三口才能喝完的一碗酥油茶一口咽下,好像一下子恢复了当年骄傲的神气。

你看过老狼带着小狼过冰河吗?

我用书本上学来的知识胡乱地应付他:当然看过,老狼一般都会把小狼叼在嘴里。

如果是一群小狼,老狼还会一只只地叼在嘴里过冰河吗?

我没多想,只肯定地点了点头。

你错了。你要知道在任何时候,狼的心情都比藏獒急切,而且它对待自己的子女比藏獒以及很多其他动物更具责任心,它更懂得野外生存的不易。如果有一群小狼,老狼绝不会一只只叼在嘴里带过冰河去,因为它怕在冰河里游的时候,留在岸边的子女会发生意外。那次我毫不费力地捡回了一只野驴。那是母狼伙同一只公狼活活咬死的野驴,母狼把野驴的胃吹足了气,再用细密的牙齿牢牢缝住创口,让它胀鼓鼓好似一个皮筏。它把五只小狼全部托运在上面,借着那"皮筏"的浮力,就这样全家安全地渡过了正在解冻的冰河。

我惊讶,这雪域高原竟有这么厉害的狼啊?

这只能算聪明的狼。智慧的狼在后面。老猎人胸有成竹地说。有一次,我遇到一只带着四只小崽的母狼,浑身雪白。它跑得不快,因为要照顾跟在身后的小狼。我和狼的距离渐渐缩短,狼妈妈转头向一座巨大的沙丘跑去。我很吃惊。通常狼在危急时,会在草木茂盛处兜圈子,借复杂地形,迷惑猎人的眼睛,然后伺机脱逃。而人一旦跑上坡顶,就一览无余,狼虽然跑得快也跑不出人的视野。我想,这毕竟是猎人惯常的经验。

这是一只奇怪的狼,也许它真是昏了头。我这样想着,一步一滑,跑上了高高的沙丘。果然看得十分清楚,狼飞快逃出了我的射程。当时顾不得多想,就拼命追下去。那是我生平见过的跑得最快的一只狼,不知它从哪里爆发出来的那么大的力气,就像贴着地平线的一支箭。到太阳下山,它真的消失在了蓝色地平线上,累得我几乎吐了血。

我向着白狼消失的地方愤怒地开了几下空枪,气呼呼地往回走,一边走一边想,这真是一只不可思议的狼,它为什么如此厉害呢?莫非它对我了如指掌,早就知道我斗不过它?那四只小狼到哪里去了呢?已经快走出森林了,我决定再返回那个沙丘看看。快半夜才赶到,寒气冻得我浑身打战,白荷般的月光下,沙丘好似一朵巨大的雪莲含苞待放。我想真是多此一举,那不过是一只善于挑逗猎人的狡猾的狼罢了。正打算离开,突然看到一个隐蔽的凹陷处,像白色的烛火一样,悠悠地升起两道青烟。

我跑过去,看到一大堆野驴粪,白气正从中冒出来。我轻轻扒开,你猜我看到什么了?白天失踪的四只小狼,正在温暖的驴粪下均匀地呼吸,做着离开妈妈后的第一个有点不习惯的梦(我的表情无比惊讶,但我不忍心打断老猎人的精彩讲述)。地上有狼的脚印,白狼实在是太聪明了,完全超越了人类的机智,就连那些脚印也成了一种伪装的秘密武器。为了延迟我的速度,它全是倒着走的,那活儿干得极为精巧,大白天居然瞒过了我这个有着几十年捕猎经验的老猎人的眼睛。

那一刻,我羞愧得无地自容,很快便想出一个反败为胜的办法。

如果我躲在附近的树上,一定能再次发现那只白母狼,到那时,我相信

它走投无路，一定会死得很惨。可是眼看着那四只熟睡的狼崽从鼻孔里喷出的热气，不知为何，那一刻我竟然丢下手里的枪，双脚发软，扑通一声跪在了它们面前。我选择了放弃。

放弃？你怎么能放弃？你是猎人，猎人时刻渴望着收获。我最想知道当时你被白狼骗了之后怎么不报复，而且你付出那么多才遇上那么好的机会，你怎么就轻易想到放弃？这不太可能吧？

年轻人，假如灾难突然降临的时候，你能有这只白狼的智慧保护你和你的亲人吗？我想，至少我不能。只可惜我年岁大了才明白这样的道理啊，我应该感谢白狼，是它教会了我。当然，使我改变想法的主要原因是那四只小狼崽，如果不是我的出现，它们会在一个熟悉的地方和妈妈一起睡得更香更甜。看到它们，我的心境变得尤其复杂，白狼作为母亲为孩子付出的艰辛努力，让我忏悔至今。所以，我万万下不了手啊。

月亮，像是围上了哈达，在夜空中变幻成一座朦胧的佛影，渐渐升高，升到我想象力无法到达的地方……

望着老猎人手中转动的经筒，我已无心与他辩论。

西藏的狼比藏獒聪明，这是一种可能。虽然我没有亲眼目睹狼与藏獒的搏斗，但我看见过人类把藏獒训练得如蠢蠢的狗——生活安逸的狗，衣食无忧的狗，牛高马大的狗，貌似尊贵的狗，缺乏精神和灵魂的狗，好吃懒做的狗。而如果把一只狼交给一个人驯服，这其实是一件十分为难的事情。狼，只可能生活在远离人群的地方，储思积忧。单条的藏獒绝对打不过单只的狼，这就是老猎人告诉我的，他用心生活得出的结论。

行善的挫折

❧ 王琼华 ❧

闲时，他偶尔读过几本从寺庙里带出来的小册子。这一日，他竟然有了一种冲动，觉得自己与佛有缘，即便不去削发为僧，也可以利用星期天去做一件善事。

该做一件什么善事？

他想了想，咂了一下嘴。

于是，他来到了火车站广场。很快，他看到两个妹子拎着两个好笨重的蛇皮袋。他迎面走了过去。

"小妹妹，我帮你们提一下吧。"

两个妹子一听，连忙摇头："不用不用。"

"没事没事，举手之劳，不用客气嘛。来来来，我就帮你们提一个也行。"他边说边伸手。话音未落，其中一个妹子已经尖叫起来："我……我喊警察啦！"

他顿时一愣：谢绝自己的帮忙还要找警察？他撇了撇嘴，真有几分沮丧。不过，他马上又把精神集中起来了，两眼直转着圈，似乎不想让自己行善的机会从眼皮底下溜去。

"老板，你行行好吧。"

有人扯扯他的裤脚。他低头一看，自己跟前竟然跪着一个乞讨的男子。一头脏兮兮的乱发，无法让人判断这男子的年龄。

男子有气无力地说："老板你行行好，我老婆猪婆癫，三天发两回。家里两个女儿也没法子辍了学。床上还有年老体弱的爹娘。"

他的心一揪：还真可怜！

他掏出钱包，看了看，里面没有零钱，最小的面值也是一张五十元的票

157

子。当然,钱包掏了出来,也不好意思就这样放回口袋。何况,施舍也是一种行善的方式吧。于是,他把一张面值五十元的钞票丢进了乞讨男子的铁罐里。

他想,这男子该高兴了吧。因为一看铁罐就知道,这男子早先乞讨到的钱总共也不到二十块。

谁知,那男子把头一仰:"假钞!"

"假钞?"他一惊,"这是假钞?"

"给五十块,你会这么大方?我跪讨这么多年,还真没见过这种好心人!"

"这是真的。"

"别哄人了。"那男子哼了一声,说,"老板,既然是真的,就留给你自己用吧。请你捡回去。"

他很生气。他没有想到自己会被乞丐这般藐视一回。他忍了忍,还是平静地弯下腰,把那五十块钱的钞票捡了回来。

又走了好长一段路,他都没有逮到一个行善机会。于是,他一屁股坐在街心公园草坪边的红色靠背椅上。

一个小女孩突然跑了过来,两眼瞅着他。

"小朋友,你怎么一个人跑来跑去呢?"他左右环顾了一下,又问,"你妈妈呢?我帮你找妈妈去。"

小女孩稚声稚气地:"我不跟你说话。"

"为什么呢?"

"我不认识你。我妈妈说,不能跟不认识的人说话。"

说罢,小女孩跑走了。

他仍坐在椅子上,但嘴巴傻呆呆地张开了。

一天跑下来,让他大失所望。自己一心去行善事,却碰了一鼻子灰。回到住宅小区时,天已黑了。当走到自己所住单元的楼梯口时,他觉得心里空荡荡的。他漫不经心掏出一根香烟叼在嘴上,又掏出打火机,"啪嗒"打出火苗要点燃香烟。

"谢谢!"

他一回头,才知身后跟随着一个同住这个单元的女人。

"谢谢?"他有点奇怪,"谢我什么?"

"这路灯又坏了。要不是你有打火机,这黑咕隆咚的七层楼梯还真不知道怎么摸上去呢。"

　　他一愣。转瞬间,他又高兴起来。真没想到,今天这件善事还是无意中所做。真是从善存乎一心,行事中却又是信手拈来。先前行善或许过于刻意,倒让人把行善当恶意,避而远之。

　　唉!他忍不住一声轻叹。

栗树籽酒秘方

王琼华

　　胖鼻老叔他爷爷，胖鼻老叔他父亲，还有胖鼻老叔都是靠卖酒养家的。在东江湖边，胖鼻老叔酿的栗树籽土酒又醇又香，挺有名气。

　　金秋，又是采栗树籽的时节，又是酿栗树籽酒的时节。跟往年一样，胖鼻老叔与儿子东升一起上山采摘栗树籽。胖鼻老叔对东升说："这酒呀要想酿好，从第一道工序就马虎不得。树籽背回去后赶紧去壳，洗净，煮熟，再找个风口把它们中间的水分吹干，拌下土酒药，装进坛子里……"东升点点头说："爸，我从小就听你讲这话，早已滚瓜烂熟了。"他接着的话就带点牢骚了："你怎么不讲点有用的东西？我们家的酒怎么会比人家的醇香？人家都说你肚子里有秘方，你不说，那秘方会烂在你肚子里咧。"胖鼻老叔瞪了儿子一眼，没再吭声。

　　其实，不仅是东升想知道这酿酒的秘方。村里村外好些酿酒的人家也想弄到这秘方。

　　有一个镇外的年轻人还特意背了半扇猪肉，气喘吁吁地来到胖鼻老叔家。"我要拜你为师。一日为师，终身为父。逢年过节，我会好好孝敬你，请受我一拜。"说罢，他就要下跪。胖鼻老叔早已料到对方此招，倏地，双手一伸，硬朗朗地把年轻人扶了起来。年轻人在胖鼻老叔家吃了一顿酒，带着几分醉意离去。

　　又有一胖墩墩的老板找胖鼻老叔，说："你出秘方，我出资金，红利五五分成，任何事都不烦你出手，你就坐享其成。""五五分成？""那就四六分成，你六我四！可以签合同，还能到镇里司法所公证。"老板急了。"你再多给一两成红利，嘿，也恐怕不能从命。"胖鼻老叔摇摇头，又是一顿酒菜款待后把老板送出酒店。

还有更刁钻的人干脆偷偷把东升请出来。

东升双手一摊："你们怎么许诺,我也没办法。""有话好说,有话好说。"那人握着东升的手说。"可我确实不知道秘方。"东升心里还嘀咕,还当我是个木脑壳,就是知道也不能告诉你们。

村里村外,有关胖鼻老叔酿酒秘方的事越传越神。

"肯定是放了几味草药!"

"不,还是时间上有诀窍。"

"都不是。有一次,我偷偷蹲在窗外,看他怎样酿酒。他好像什么都没有放,就是嘴唇不停翕动,还啧啧有声。"

"噢,我明白了,他肯定在念口诀。"

"这口诀就那么灵验?"

"不灵验人家会天灵灵地灵灵地念?"

其实,除了少数几个人对他保守秘方嘀嘀咕咕外,绝大多数人还是理解的——秘方就是命根子。而且,胖鼻老叔人缘好,凡有人来买酒,价钱明讲,每次还会多舀上半勺给人家;一时没钱的,可以赊账,见面也从不催还账。

当然,胖鼻老叔酒坊里每年都有一个特别热闹的日子。一年一度栗树籽酒坛开封时,胖鼻老叔都要把村里村外有脸面的人,还有镇子里的干部,甚至城里喝酒名气大的人,都请到家里,八大碗菜一上,鞭炮一响,就请几位辈分高的老人和镇里的干部开封六坛酒。很快,大伙儿你来我往敬酒劝酒,称兄道弟,互相恭贺,一派热闹的样子。胖鼻老叔给每位来客敬上小半碗酒。每桌敬罢,他都会笑眯眯地问:"今年的酒酿得怎样?"

"好! 又香又醇!"

"地地道道的栗树籽酒!"

他的问话不时引发出阵阵喝彩声。

东升站在一旁,也不得不佩服父亲这般豪爽,这般有人缘。酒席上,没人问秘方,也没人说好话。连镇里的干部也回敬了胖鼻老叔一碗酒,提高嗓门儿说:"你这酒就是我们镇子的招牌! 知道胖鼻老叔的酒就知道我们镇!"还悄悄告诉胖鼻老叔,上面来了贵客,镇里也是拿这种酒款待。这真有面子!

后来,来东江湖旅游的人越来越多。东升提出,到码头上开一家酒店。胖鼻老叔说:"有出息! 反正那边村子有的是栗树籽。"

"可你没把秘方告诉我。"

"你这孩子真是死脑筋。"胖鼻老叔一副笑眯眯的样子,他说,"我卖酒就是靠人气,靠人家捧场。"

"人气? 捧场?"

"我酿的酒,其实跟人家没啥两样,就一点不同,靠大家捧场,大家都说好,这酒就比人家的好了。"他猛地一拍东升的肩膀,带着几分得意地说,"知道了吧,这就是秘方!"

这就是秘方? 东升蓦然想到:父亲的店可以赊账,可以多舀一点儿,还把每年头六坛酒用来请客,并弄成一个像模像样的仪式……

里程碑

戴　希

　　高一三班新生入学不久,还未教学生们做化学实验,鲁老师就先拿他们做试验品,做了一项古怪的实验。

　　鲁老师把班上五十四名学生平均分成三组,每组十八人。第一组安排数学老师匡满带队,学生何叶任组长;第二组指定语文老师席君秋带队,学生林立升任组长;第三组则由他自己带队,学生吕布布任组长。按照预先确定的路线,三组学生同时从古渡中学出发,徒步去三个不同的村庄。

　　第一组出发时,匡老师只叮嘱学生们跟他走,至于去哪儿、有多远都别问。当然,问了也无可奉告。他说到了就到了。

　　第二组动身前,席老师先告诉学生们,他们要去的地方是通什村,距离古渡中学十公里。

　　第三组要走的路程也是十公里,他们的目的地是哈尔盖村。一上路,鲁老师就向学生们讲明了情况。只是第三组所走的道路,每隔一公里,路旁都竖有一块醒目的里程碑;第二组则不然,路上一块里程碑也没有。

　　返回学校,进入教室,在座位上一一坐好,学生们都用怪怪的眼光打量鲁老师。鲁老师满脸微笑地站在讲台前,双手扶着讲台,神秘兮兮地询问各组的试验情况。

　　第一组组长何叶气喘吁吁地说:跟着匡老师,才走大概两公里,我们这组就有人叫苦叫累;走到近五公里,不少同学已疲惫不堪;再往前走,多数同学都牢骚满腹、神情沮丧;个别人怒气冲冲,有的干脆蹲在路边等候。当匡老师终于说目的地南曲村到了时,跟在他身后的学生只剩下六人!这时,匡老师连连摇头,他告诉我们,从南曲村到学校的距离是十公里!

　　那——为什么会这样?鲁老师关切地问。

因为目的地不明,又不知道有多远的路程,大家都感觉很茫然;一茫然,消极悲观的情绪随之上涌;消极悲观的情绪一上涌,要到达目的地自然就难。何叶深思熟虑后回答。

说得在理呀! 鲁老师直点头。

那么第二组的情况呢? 他把目光投向林立升。

我们这组吗? 林立升眨了眨眼说,情况可比第一组要好。走了大致五公里,才有人叫苦叫累;走到七公里多时,不少同学才感到疲倦;再往前走,我们还能咬紧牙关,艰难迈步。等席老师指着目的地高喊,快到了,快到了!同学们才昂首挺胸、精神抖擞。好在我们这组没人当逃兵,全部到达了目的地!

为什么没人当逃兵? 鲁老师有意追问。

因为目的地很明确,行程也十分清楚。总的说来,大家心里有底。林立升脱口而出。

既然如此,同学们为什么还会感觉劳累、疲惫? 鲁老师再问。

因为只是走啊走,走了多远? 还有多久? 路上没有标志,心中没有底,就会不时有茫然之感! 林立升摸摸后脑勺。

鲁老师首肯。

到第三组了。

吕布布满脸的阳光灿烂。很简单,我们这组沿途有说有笑,精神焕发。大家几乎是身轻如燕、健步似飞地赶到了目的地。

鲁老师眼睛一亮,为什么会这样好?

因为我们的目的地和总行程早已了然于胸。路上还不断地出现里程碑。每走一段路,看到一块里程碑,大家便知道离目的地又近了一公里,心里就又多了一份成就感,精神当然也为之一振! 吕布布说得眉飞色舞。

鲁老师也听得频频额首。这时,终于有学生憋不住,站起来高声而不解地问,鲁老师,你为什么要做这么个实验?

问得好! 鲁老师扬扬手示意那个同学落座,又意味深长地看看全班学生,说,同学们,你们不是反复、多次地问我,这高中三年究竟怎么过吗? 现在,我已把答案告诉了你们。仔细想想吧!

同学们茅塞顿开,恍然大悟,一个个高兴地笑了。从此,高一三班的学生比该校同年级其他班的学生都有锐气。三年后的高考,他们也比其他班考得更好。

很多年过去了，忆起那次特殊的实验，同学们仍然历历在目，心潮澎湃。他们知道，鲁老师总在路上；路上，总有耀眼的里程碑！

机密

戴 希

　　杨卉的麻辣火锅店是城里最大的一家。这里每天都是人涌如潮、热气腾腾。虽然城里人嘴刁,却都夸这里的麻辣火锅麻得上劲、辣得味足、香得可人、余味无穷。当然,这里的生意之所以火爆,还有另一个重要原因,那就是价格相当低廉,低廉得你简直不能相信:同样的一个麻辣火锅,别的店子至少要卖二十元,杨卉的店子却只卖六元。别的店子已被无情的市场竞争挤压得血本无归,杨卉的店子却仍在大把大把地赚钱。

　　有些麻辣火锅店的老板不信城里也有天方夜谭式的故事,便悄悄乔装成顾客挤进杨卉的店里吃麻辣火锅。一吃,还真被它的味道和价格所折服,回来,便无怨无悔、义无反顾地关了自己的店子。也有幻想与杨卉抗争甚至挤垮杨卉的老板,暗暗派人去杨卉的店里买回鸡、鸭、鱼等麻辣火锅,认真研究其制作工艺,可就是未取得丝毫进展。雇人干那克格勃的间谍行当,试图窃取杨卉的所有机密吧,杨卉的店子又俨然国家安全部,各种防范措施密不透风,压根儿就无缝可钻,于是只好悻悻作罢。

　　这样一来,起初城里繁星般闪烁的麻辣火锅店,没过多久,其中的绝大多数便无声无息地消失了,只剩下几家大的"寡头"。这几家所以还能勉强维持,是因为,这里爱吃麻辣火锅的人太多,要挤进杨卉的店里开顿洋荤实在不易,杨卉的店子也承载不了那么多的顾客。再者,经过市场竞争的优胜劣汰,剩下的几家味道也很好,只是价格略比杨卉那儿高些。说白了,幸亏老天恩赐!但这几家麻辣火锅店的生意是远远不能与杨卉的店子相比的。

　　随着麻辣火锅的生意不断看涨,杨卉全家的生活情绪也随之高扬。这天又是杨卉的妈过生日,儿女们自然带上礼金礼品回家庆贺。吃晚饭时,一家人团团圆圆,餐厅里喜气洋洋。

正准备敬酒祝母亲生日快乐，忽然，杨卉的视线被餐桌上热腾腾、香喷喷的鸡、鸭、鱼等麻辣火锅所吸引。她一怔，端酒杯的手陡地在空中停住了。

杨卉惊问麻辣火锅从哪儿买的。母亲告诉她是从马晖那儿。还说父亲六十多岁了，体力不支，要做一桌丰盛的晚餐，身体肯定吃不消。买火锅时，父亲还特意品尝过，买回后，我也用心尝了，味很美，价格也不贵嘛。这时，杨卉的脸色就变了，很苍白。她用手捂住胸口，问干嘛不上她的店里去买，既照顾了自家生意，价格又便宜些。母亲并未觉察到杨卉的心情变化，依然得意洋洋地说：是她叮嘱父亲这样做的。又提醒杨卉说：你那儿的麻辣火锅都是用死鱼、死鹅、瘟鸡、瘟猪等制作的，你公公、婆婆、叔子、姑子等家人班子组成的后勤小组，每天去乡下忙不迭地走村串户，捡些死后被人扔弃在路旁或廉价收购的发瘟的家禽，让你制作麻辣火锅。你那里生意所以火爆，重在原材料没有或几乎没有成本，所以，你可以把价格压得特低，别人怎么也竞争不过你呀！你咬过我的耳朵，叫我千万不可泄露天机的，难道你忘了吗？"怎么会忘？"杨卉叹息道，"只是……""只是什么呀？"母亲追问。"只是，马晖的麻辣火锅也全是从我那儿批发来的！""干嘛这样呢？"母亲不解地问。"赚钱！"杨卉斩钉截铁地回答，"赚那些没法挤进我的店里吃麻辣火锅的顾客们的钱！当然，马晖也赚，只是，他赚的是小钱，我赚的才是大钱呀！""那么，城里其他几家麻辣火锅店又怎样？"母亲进一步追问。"和马晖一样，都是我店的中转站！"杨卉不再掩盖事实真相。

全家人一听都惊呆了，一个个面面相觑。

赵四伯的教育生意

曾 颖

仲夏时节,农民赵四伯的儿子财娃考上大学,他是本乡乃至本县的状元,自然少不得要庆贺一番。众人欢天喜地地到赵四伯家的小院里来庆贺,赵四伯的几个戏友还把锣鼓家什抬了来,把能想到的历朝历代状元打马赴琼林宴的片段一一唱过。平日从不喝酒的赵四伯,那天喝得烂醉,蜷在堂屋里的神龛下和列祖列宗们说了一夜话。

很快,录取通知书和入学缴费通知单来了,那薄薄的几页纸上写着一串串的零让赵四伯感觉非常沉重。他从床底下翻出多年都没用过的算盘,开始盘算起他的家底。

这几年风调雨顺,家中也没什么人得大病。养猪猪肥养羊羊壮,鸡鸭也是能吃会长又不害瘟。加之全家只负担一个财娃,家里也还算有些积蓄。虽然比那收费单上要求的还差点儿,但总比那些一分钱都没有拿着录取通知书,比拿到亲人的病危通知书还恼火的家庭好得多。用赵四伯的话说便是:人家缺的是整件衣服,而咱老赵只缺一只袖子了。

为了这只袖子,他开始在自家小院里来回转悠。他决定将猪和鸡拿去卖了。老婆认为猪离出栏还差些时日,恐怕卖不起好价钱。而鸡正在生蛋,卖了鸡就等于卖了生钱的机器。她建议,要么去借点儿,要么请几桌客,庆贺庆贺,收几个礼钱。

赵四伯是个好面子的人,借钱他是万万不干的。即或是他要借,村里比他家境好且能借出钱来的人也绝对不多。而摆酒庆贺这招也不灵。这些年,村里无论娶媳妇、住医院、生老病死都兴请客,请客也无非就是募几个钱。但请客本身也是要花成本的,赵四伯可不想像别家那样,摆一桌苕酒豆腐宴,请来一堆南瓜白菜。

在权衡了半天之后,赵四伯还是决定卖猪。卖完之后还可以再养。

这样,赵四伯成为本乡第一个不欠债就把儿子送入大学的人。

秋天,财娃走了。赵四伯送他出门时,既牵肠挂肚,又欢欣鼓舞。因为他知道,只需再过几年,今天他儿子消失的土路尽头将走过来一个体面的城里人,说不定他还会是乡长、局长甚至县长……总之,不管他是什么,他是咱儿子!

之后,赵四伯便开始更勤快地忙碌和劳作。他觉得,在远方那座自己从没见过的大城市里正有一辆属于自己的拖拉机在突突突地开垦着,而拖拉机的油箱,正需要自己输油过去。

邻居陈旺和廖狗儿对他每天不分白黑地劳作颇为不屑,时不时地凑过来劝他两句,让他悠着点儿。有时,为了扯起话头,他们还会骂骂城里人办大学办得贼贵,这不是成心挤咱的血么?

赵四伯却不这么认为。他说:我觉得收钱读书很公平,你说要是像早几十年,读书名额拴在公社书记的裤腰带上,男知青读书要破财,女知青读书要破色。而且咋个轮都轮不到咱们农民娃头上。相比而言,我还是觉得现在好,你管交钱,他管教书,两不亏欠。况且,读了书是给你自家挣钱哇!这就像种田要种子,做生意要本钱。

赵四伯这些话于是就在村里传开了,有人点头,有人摇头。但不管是点头的还是摇头的,见面打招呼都会半开玩笑地问赵四伯:你那生意怎么样?

赵四伯于是就会如数家珍,向别人报道:财娃坐过电梯了,财娃会电脑了,财娃学会 QICQ 了,财娃昨天和人 PK 了,财娃会用网了……

每一次播报,那些生僻得咬口的新词都能让村人肃然起敬。赵四伯早年读过初中,但对财娃信中的语言十分陌生,也肃然起敬。他觉得城里和乡下确实不一样,初中与大学确实是没法比的。

随着对财娃所掌握的新知识的播报,财娃写信来催要钱的信越来越多。今天说要添件不被城里同学嘲笑的衣服,明天说想买台和城里同学一样的电脑。信的字越来越少,要钱的数目越来越大。

一年过去,赵四伯在卖完了家里最后一只鸡之后决定进城去打工。他觉得田里刨出的钱是经不起儿子在城里用的,还是得到城里去挣钱才行。老婆哭着说:这一把老骨头了,还要进城,谁要啊!

赵四伯甩下一句:"有没有人要,走着瞧!"就从财娃当初走的土路上出发,一路到了城里。

到城里他才发现，像他这个年纪的人想从后生们手中抢到工作确实很难。事实上，在城里能找到工作的后生也不多，这让他感觉很苦恼。眼见着口袋里的钱越来越少，他开始恐惧起来。他最恐惧的，倒不是自己饿肚子或回家乡面子上不好过，而是他的财娃，眼见着这笔生意已做了四分之一了，就这样停下来，不是亏大了吗？

于是，他一咬牙，跟着同村的刘大到一个地下采血点，在撩开袖子那一刻，他眼前闪过的全是电影里勇士炸碉堡的镜头。

之后，他又在城里住下了，白天捡垃圾，上下班高峰期就拎一支打气筒到街边给自行车加气，隔周到采血点去抽一次血。这样下来，一个月居然能挣八九百元。听说有些城里人还没他挣得多，他感到十分高兴，嘴里常常哼着小调。让周围几个同住的乡下人感到不可理喻。

财娃依如从前地需要钱，据他说：随着人际交往的增加，自己必须要建立自己的交际圈子。现代社会，关系是第一生产力。

赵四伯虽然没听过"关系是第一生产力"这句话，但他知道建立关系的重要。当初要是自己与乡长有关系的话，那贷款、鱼塘承包和乡上首富的名号哪一样轮得到陈胖子头上啊！

不用说，当然要支持儿子交际！

赵四伯于是更卖力地捡垃圾、打气、卖血。

深秋时节，赵四伯看着满天满地飘落的树叶，突然想去见一见近两年都没有见到的儿子。因为这半年来，除了让他往储蓄卡里存钱之外，财娃还没有对他讲过一句他想听到的话。这个念头一起，就再也熄灭不了，这样做会花掉他上百元的路费也吓不住他。

爬货车、啃冷馒头、喝自来水，赵四伯终于到了省城。当他一脸漆黑费尽周折站到儿子学校教务处时，儿子的老师很惊诧，怎么也不相信这位乞丐样的瘦男人是赵财同学所说的当包工头的爹。

又费了一大番口舌，老师相信他是财娃他爹了，于是将一个更大的坏消息告诉了他：由于长期沉迷于网络游戏，他的儿子很久没上课了，有同学说他跑出去打工去了。学校给你们家发的通知你们没收到？

赵四伯觉得自己头很晕，他不知道自己是怎么离开省城的。当他跌进自家小院时，才"哇"的一声哭了出来。

村里人早就知道学校通知的事，都摇头。几个老戏友想来劝劝赵四伯，走到门边又回去了。只有陈旺和廖狗儿拎了两只鸡过来。一进门，没等他们开口,赵四伯就说话了,他说:你们别劝我,我知道,世上哪有只赚不赔的生意呢? 咱就当今年天干,种子都烂地里了。

他说这话时,所有的人都沉默不语。只有廖狗儿手中那只待宰的鸡也许预感到危险,很无奈地扑了几下翅膀。

这时,夕阳从窗外照进来,将窗条的影子牢牢地钉在小屋的墙上,像一个个巨大的惊叹号。

鞋匠和他的儿子

曾　颖

　　鞋匠是我们小区必不可少的人,他修的鞋既美观又舒适。有一年,城里迎接创卫检查,他消失了一段时间,搞得小区许多人见面相互问候的话都是他的行踪。

　　鞋匠不仅修鞋修得好,而且心地也很善良。很多孤残老人找他修鞋,他都分文不取。他不是不需要那几元钱,而是不忍心。他也因此成为物业管理公司特许在小区围墙内经营的唯一小摊。那些收破烂、卖盒饭、刷皮鞋的外地人对他的羡慕一点儿也不亚于我们对彩票大奖得主的羡慕,都说他运气好。

　　然而,他的运气并不像人们所羡慕的那么好。他的妻子,那位和他自由相爱不成而一道私奔出来的乡下女子在为他生下一个儿子之后很不情愿地离开了这个世界。她的离去,也带走了那个爱一面哼歌一面补鞋的鞋匠,而代之以一个只埋头干活儿的机器。很长一段时间,他甚至一整天也不抬头,因为他知道,无论哪个方向都不会再有那个挎饭篮的女人了。

　　唯一能让他看到妻子影子的,便只有他们的儿子了。这小家伙似乎有穷家孩子懂事早的天分,每天都安然睡在补鞋挑子里,只在饿急了的时候才小猫一样轻哭两声。每当这个时候,鞋匠就会从怀里取出奶瓶,把带着体温的米糊放进那小鸟一样的口中。小区的婆婆奶奶们看到这幅景象,纷纷回家,把孙儿们不吃的奶粉和不用的衣物找出来给了他。家中有婴儿的人家,甚至还给他送来自家孩子吃不完的母乳。

　　天生可怜的小家伙吃着百家的奶居然一天天长大了起来。鞋匠却并不因此就有所松懈,他对儿子的关心更进了一层。冬天水冷,他用嘴含温了才给儿子喝。没人给他们送饭,每顿的冷饭,他都是先嚼暖了才喂给儿子吃。

保安们看他可怜,就送了他一个煤油炉,特许他在小区里点火。这事,连最不好说话的保安主任也没反对。

儿子是鞋匠唯一的欢乐。只有儿子咯咯笑的时候,人们才能看到鞋匠笑,他二十几岁的脸居然比四十岁还沧桑。

日子过得很快,转眼间儿子就五岁了。五岁的儿子很懂事也很听话,能帮父亲递钉子、锤子,或抹鞋上的灰尘,干起活儿来居然很老练,惹得过路的人们都跟鞋匠开玩笑说:哟,你真有福气,都有接班人了。

鞋匠听了这话,像被人点了穴一样,半天不动一下。之后,他就开始留心关于学校的事,每有人来补鞋,他便要向人打听小孩上学的事。越听,越没有信心,越听,越觉得可怕。城里的人们说:我们有城市户口,娃儿读书都贵得吓人,你么……

五岁的娃娃即将到来的读书问题使鞋匠像嗅到冬天气息的松鼠那样充满了紧迫感。但他为孩子找读书的机会显然比松鼠找松果难得多,鞋匠因此显得更加绝望,整天神不守舍。有一天,甚至还发生了历史性的差错,将刘大爷的鞋送给了张大妈,而又将陈先生拿来上线的鞋钉上了铁掌。

几天后,小区里流传出一个消息,说鞋匠要将儿子送出去,什么条件也不要,只要对方是有文化的人家。大伙起初不相信,去问鞋匠,鞋匠点头说是,他无论如何也不想让儿子像自己这么活。

有几对无儿女的中年夫妇来找他,他问过对方的职业之后,摇摇头,就不再说什么了。后来,有一个工程师来找他,他想了半天,把孩子使劲抱在怀中一回之后,就同意了。工程师给他五千元钱,他没要。

鞋匠又开始埋头补鞋。儿子常穿件新衣服来摊边,照样递锤子抹鞋子。每当这时,他总会挥手让他走。儿子不走,他就举手吓他,吓也吓不走。终于有一天,他发火了,抱起孩子,在他屁股上拍了几下。这是这个苦孩子在这个世界上挨的第一顿打。

从此,孩子再没敢在鞋匠面前出现,只远远地躲在远处看他。工程师夫妇于心不忍,就来找鞋匠说:这事……还是算了吧。鞋匠一听,就急了,又是摇头又是摆手,说一定会有办法的,会有办法的。

第二天一早,鞋匠就和他的鞋摊一起消失了。人们说:创卫还早着呢,哪儿还能找到这么好的摊哟。

小区再没有了鞋摊,有几个外地鞋匠想进来填补空白,被保安们骂走了。保安都是乡下人,他们都说受不了鞋匠的儿子盯着鞋摊的眼神……

民工回家

曾 颖

　　在报社组织的一场"帮助民工讨工钱"活动中，民工陈二狗终于拿到被拖欠了三年的工钱。三年前，他和一个老头被人请去守一座烂尾楼，说好二百五十元一个月，但一直没兑现。他和那老头就这样被套住了，靠捡垃圾和向那几个住在烂尾楼里的外来人收点儿米和菜作房租苦苦地撑了下来。在希望和失望轮番折磨中过了漫长的三年。

　　当他从报社记者手中接过那叠厚厚的人民币时，竟突然有一种中了大彩的兴奋，尽管他知道那笔钱本来就应该属于他。

　　在向报社领导们鞠躬并对摄像机和照相机说了无数声感谢之后，他决定回家。他已经三年没回家了，趁着车票还没涨价，他决定回家看看。

　　因为讨工钱惹恼了建筑方的领导，烂尾楼明年开春显然是守不成了。这就决定着陈二狗必须将他这个破烂的家收拾掉。他先把必须带走的收音机、衣服和那床虽然已经漆黑但曾经是他家最好的一床棉被包裹起来，扎成一个大包。余下的锅碗瓢盆之类的东西，想卖给那几个捡破烂的，又开不了口，但送给他们呢，他又确实舍不得。因为这些东西如果放在他那个三年没有见的穷家里，绝对是一件又一件的好家什。他想了半天，决定下下力把包裹再裹紧些，把这几件家什挤了进去。

　　第二天，陈二狗裤裆里夹着七千多元钱，腰上挂个铁锅，背上背着山一样的大包裹，带着十四个馒头晃晃悠悠地上路了。天下着小雪，每走一步，腰上的锅都会"当"地发出一声清脆的响声。

　　在训斥和责骂声中，他坐公交车来到火车站广场。今年，和他一样想早早回家的人似乎很多，他扛着大包很渺茫地排在队列的最后。五个小时后，他终于拿到写着家乡名字的一张小小车票。其间，他吃了两个馒头，拒绝了十几个票贩子,还忙里偷闲往地上吐了一口唾沫。一个胖老太太拿着罚单要罚他五元钱,吓得他几乎哭了。老太太看他可怜,居然饶了他。

在车站又呆了十个小时,吃了三个馒头。大厅里暖暖的空气让他的眼皮想往一处凑,他掐了自己的大腿几把,坚定地把瞌睡撵走了。

上车,背包和锅让他吃了很多苦头。在另几个后生的帮助之下,他终于坐到了属于他的硬座位上。与他同坐的是几个青年民工,这几个穿着城里小青年们爱穿的休闲衣的小后生,脸上都留着民工才有的被阳光开垦过的痕迹。

小后生们花钱大手大脚,凡列车上卖饭卖酒,一例是大手大脚来者不拒。这让陈二狗感觉有点儿恐慌。总觉得自己是一只钻进狼群的小羊。小后生们请他喝啤酒,他不喝,怕遭蒙汗药。给他递烟,他也不抽,害怕遭迷烟。其间拉家常时,他尽量多听少说。偶尔迫不得已要发言,也只是面红筋胀大骂包工头太狠欠工钱不还,让他在城里待了三年也没挣一分钱,还欠下一大笔账。他不是个善于撒谎的人,每当说到此时,都会脸红。小后生们从他脸红中读出的更多是愤怒,于是也纷纷附和,也一路骂着包工头一路脸红了起来。

又过了两天,消耗馒头八个,家突然离得很近了,在他下车的时候听见前面几节车厢里传来新闻:一个老年民工因为恐惧而精神失常,把包里的钱一张一张地发给车上的旅客们。而另一车厢里的乘客们就没这么幸运,他们被一个突然精神失常亮出刀来要砍人的青年民工吓得半死。

从市到县,汽车五小时。从县到乡,拖拉机三小时。从乡到家还有两三个小时的山路。陈二狗摸摸怀里最后一个馒头,算一算一路所花的钱,决定自己走回去。

此时已是晚上十点多,他背着大包走在通往家的那条山道上。这条走了三十多年的路使他感觉非常亲切。他张大嘴吸了一大口新鲜空气,突然有想唱歌的冲动,于是他唱了:马铃儿响嘞玉鸟唱,我陪阿诗玛回家乡,远远离开热布巴拉家,从此妈妈,不忧伤……

他发现,已经远离他三年之久的唱歌功能正在恢复。他的歌声和腰上锅儿发出的脆响在山谷里传得很远。很久没有见过的星星,像顽皮小孩的眼睛一样闪啊闪……

离家最后半小时的路他几乎是冲刺着跑回去的。这是经过了上千公里的跋涉之后的最后冲刺。在黑夜中,他的眼前分明是那个被他叫做花花的

女人含羞地一笑，还有残破但还算温暖的炕上，他那不知已长成什么样相貌的儿子初是惊恐后是甜美地叫他一声爹。还有，久违了的味道不怎么好但劲道还不错的苕酒，辣子旺汤宽的宽叶面条。几天来，只和馒头打交道的肠胃被他的想象搞得难受起来。

小院里那棵脱光了叶的老银杏树已出现在眼前。他知道，那树下就有他想要的一切。他三步并作两步往前走，腰上的锅像快节奏的小锣。

但就在他举手拍门的时候，突然又凝住了，他突然想起烂尾楼里那几个拾破烂的给他讲的故事，说很多打工仔急急忙忙跑回家，想给老婆一个惊喜，结果摸上炕发现多了一双腿。他害怕这样的场面出现。虽然他知道自己三年没音讯，女人在家没个帮手也确实难过，但他还是怕。

他的手凝在半空中。他发现一路累出的大汗正在变成冷汗。他定了定神，觉得自己的想法有点儿好笑，于是决定敲门。

就在他敲门的时候，他发现门被一把大铁锁锁着，锁上面已是锈迹斑斑。

陈二狗其实并不知道，在他离开家的第二年，妻就把田租给别人，带上孩子出去打工了。邻居吴老二说：再过二十多天就是春节了，那时，兴许她们能回来！

让爱护送

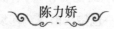

陈力娇

钟庄战役失败以后，首长在一个废弃的火车站接见了他。作为间谍，他心里很不舒服，这地方离敌占区太近，而且四面没有遮蔽，敌人的流弹说过来就过来。

他来时首长和属下已经到了，一行十几人，岗哨已经布下。

他走过来，从一个小山丘上走过来。他来是接受惩罚的，钟庄损失一个团的兵力，责任根源在他。是他的情报不准，白白搭上一千名兄弟。

他站在首长喷出的烟雾中，想说什么无法张口。

首长见他不吭声，就把最后一节烟扔掉，踩上一脚后说，从今天起，你终止间谍活动，回去做平民吧。说完手一挥，一个随从把一张火车票递给他。他还没反应过来，首长和警卫已经走了。

第二天，天蒙蒙亮，他出现在火车站。此时他已是平民装扮。手里拎着皮箱，头戴破旧礼帽。他此次回老家是准备教书的。教书是好事，他也有足够能力胜任，可是间谍却从此与他无缘了。这次情报失真主要怨小莹，他和小莹是恋人，小莹是机要员，他为了窃取情报和小莹关系火热，但他怎么也没想到小莹会给他假情报。

火车鸣笛时他坐在了自己的座位上，早上四点的火车人很少，这是首长精明的安排；战争年代外出的人不多，坐得起火车的人也不多。他对面的长凳上还闲两个空位，只有一位女人抱着睡熟的孩子，一个人占了三个座。

小莹曾说要给他生个孩子。但是这次离别他没有告诉她。昨晚小莹很晚才从他住处回去，走时搂着他的脖子说要和他结婚，可是他再也提不起兴致了，他想起那死去的一千名兄弟。

女人怀里的孩子醒了，她一醒就大哭。女人一边哄她，一边从包里掏出

一个纸包,纸包里是蛋糕,她放在小桌上,从中取出一块喂孩子。孩子不买账,仍就哭,她就不得不站起来,抱孩子在过道上走走晃晃。

女人离开座位时,他无意中扫了一眼小桌。仅这一眼,就像鹰遇上了老鼠,他的眼睛就不动地方了。他看出了问题,看到包蛋糕的纸,是他熟悉的军统内部的办公用笺,上面浸着油渍,他看不清上面有没有字,但心里却为之一振。

小莹也常把这样的纸张拿到他的寝室,有时买吃的,也用它包,眼前这张纸,让他又看到了小莹,把一包猪头肉或鸡翅展开来同他喝酒。

女人抱着孩子回来时,看他盯着蛋糕看,就说,大哥,你帮我包一下,看风干了。他抬起头,看到孩子睡在女人怀里,女人腾不出手,就伸手把蛋糕包好,将开口向下扣在小桌上。女人说,多谢大哥,出门在外不容易呵。

他见女人开口说话,也问了句,出远门?女人说,回娘家,没办法,离得太远了。他说,你丈夫不陪你?女人说他太忙呵。说完和孩子一起迷糊起来。

他不好多问,也闭上眼睛,不过他可没睡。女人包蛋糕的纸让他一点睡意没有,他的职业敏感泛滥上来,他想,女人的丈夫是谁呢?她从哪搞到这样的纸张?女人若能搞到这样的纸,那离绝密内容还有多远呢?

女人并没有睡实,孩子又把她闹醒了,这回是孩子屙在了她身上。

女人忙向他求救,大哥,麻烦你把兜子里的纸拿给我。真是天赐良机。他忙站起身帮女人的忙。他从兜子底端拽出一叠和包蛋糕一样的纸,看到这纸时他又惊又喜,故意说,小孩子用这纸太硬一些,你怎么不准备点软纸?女人边擦边说,这已经很不错了,每天去那里捡一点,捡一个月就够用一年的了。他问,去哪捡?女人回答,我们那里的垃圾场,那里通常都有这样的好纸哎。

听了女人的话,他的心像球撞在了篮板上,起身去了厕所。到了里边他并没有小解,而是掏出一支烟吸了起来。他的思路开始噼噼啪啪地闪烁。垃圾场和下水道,这两朵火花汇集在一起时,他兴奋得就像怀崽的羔羊,恨不得从窗口跳到广阔的平原上。他想起他每晚去接小莹时,小莹都在把一些废纸倒进下水道,用急水冲走。小莹做得非常仔细,唯恐漏掉一个数据,甚至他要帮她做一做她都不让。小莹把自己关在办公室里,让他在走廊等,等那抽水马桶的声音像江水拍岸一样,一次次响起,又一次次熄落。

而现在灵感告诉他,小莹的做法并不是万无一失。

他去厕所时,女人抱着孩子拎着包走了,桌上的蛋糕没有带。那上面的纸被窗口的风吹得一掀一掀的,像一只抖动翅膀欲要起飞的白蝴蝶。女人知道,一会儿眼前这个男人回来,准会代她捉住它。白蝴蝶一旦进入他的怀抱,一朵鲜艳的花肯定就开放了;那一千名兄弟的生命,就能血债要用血来还了。

一想到这,女人深深地亲了一下怀里的孩子。

讨伐

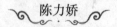

陈力娇

　　父亲是大款，他是乞丐，这关系就这么蹊跷。

　　他没工作，父亲让他在他公司里做事，他不干，跑到五台山，云游了二年，穿一身灰色袈裟回来了；有时是肩上斜挎个布袋，布袋快拖在地面了。

　　他每年见父亲两次，一次是春，一次是秋。

　　春这次他是向父亲讨钱，秋这次也还是向父亲讨钱。讨钱的方式也特别，不张口，就站在父亲公司门口，也不进去，门卫一看到他穿着和尚服，斜搭着褐色背包，就禀报父亲，父亲就差人把钱送给他。他也不吭声，揣起钱就走，也不管多少，反正父亲不会给少，给一次总要几万。

　　这一走就是数个月，大约钱用完了，他就又回来了。

　　这次回来是落雪前，还是那样颜色的衣服，还是斜挎着背包，所不同的是夏装换成了冬装，灰色袈裟里面，穿着厚厚的毛衣毛裤。这一次也是要钱，也是不吭声，也是站在大门外，也是门卫去禀报父亲。

　　有时父亲情绪好了，会来到窗前看看他，看看他一米八几颀长的大个子，剃着光头，脸色紫红，目光散淡，站在雪花中。父亲就把脸一直红到脖子根儿，心脏像吹起个皮球。

　　但是愤怒归愤怒，钱还是一分不少地给了他，一给就是三五万，十万八万不等。

　　细想父子的关系闹掰也不是没有因由。父亲是开石油企业的，有十五个很火的加油站变布整个市区。南来北往的货车，客车，轿车都上他这里加油。每天的卖油量父亲自己都数不清。父亲是做买卖的能手，几经奋战他的公司上市了，有了上市股，父亲的资金一路上扬，绿色持币一骑到底。

　　他本来是学金融的，四年的大学，让他明白父亲是怎么资金回笼的，他每天像个小学生,趴在父亲公司的财务账上,明白了许多事情,而这会儿他的个人问题,也像变幻不定的股票一样,处在真假阴线上。

起因是小青的妈妈炒股,小青是他的女朋友。小青的妈妈把头发烫成个鸡窝,肚子束得扁平,把家里的五十万全部买了K公司股票,而K公司正是他父亲的公司。

谁知这一跌跌得挺惨,不到半年的工夫,小青妈妈的五十万就被割肉出局,其实开始有横盘迹象时,他就告诉过小青,告诉她无论如何让她妈妈迅速收盘。可是小青的妈妈就是没听。

小青的妈妈为此跳楼了,小青也和他分道扬镳。

他不是吃不消分道扬镳,而是吃不消小青妈妈的无畏轻生。后来他知道,他父亲在这一局里挣了个透。那天,他把父亲逼到了墙角,举起了他心爱的蒙古刀,刀颤抖地接近父亲的心脏时,他还是没下得了手,是泪水把刀砸在了地上。

和父亲分手后,他开始寻找小青。小青这时已不知去向。

那一段寻找的路着实辛苦。那一段路程耗尽了他所有的体力和心智,他再也回不到从前父亲的羽翼下了。好在他遇到了五台山的方丈,方丈指引了他,收留了他。方丈告诉他,小青就在你心里,你走到哪里她跟你到哪里。

他信了。从此在心里揣着小青。

春起的时候他向父亲要的钱已经被他用光了,现在他想继续向父亲要钱。不过要过这一次,他就不打算再催逼父亲了。他算了一笔账,截至今日,他从父亲手里拿到的钱,总共五十三万。这五十三万中有五十万是替小青母亲要的,她虽没有可能用这笔钱了,但也是父亲欠她的呀,自古欠债还钱呵。他把这账记在了父亲身上。

另外三万是他为父亲工作时,挣得的一年工资,一年工资五万,他没领,放在公司的财务处了。三万和五万比,还差两万。也就是说,父亲还差他两万元钱。那么这一次,他不多要,他就把他这两万要回来,就和父亲两清了。两清是什么,两清就什么联系也没有了,他就可以去更远的地方,去做另一个行程的事了。

十二月十五的夜晚,下着大雪,他出现在父亲公司的大门前。但是这一次门卫没有禀报。谁都知道,这个时候是父亲特别的时候,是父亲祭奠母亲的时候。母亲在他十五岁那年离世,致使父亲一直没找,每年的这一晚都把

自己关在办公室里,闭了灯,和母亲独自对话。

他就是赶在这个时候来找父亲的。

雪越下越大了,是入冬以来的第一场雪,这样的雪下来就化了,停留不了多久,这样的雪会变成雨水,融化在各个角落。他爱惜地把斜挎在身上的背包捧在怀里,又撩起袭裳用衣角包住它,他要保护它,像保护生命一样保护它,因为那里有一张很重要的账单,有每笔钱的明细,一笔一笔,笔笔有踪。他要交给父亲,五十五万凑满,那所"希望小学"工程就竣工了,这是他一生最快乐的事情。

提醒你的过去

非·鱼

现在,田小是英雄了。

至于是如何成为英雄的,过程很简单,就是救了一个不小心掉进湖里的孩子。

那些嗅觉灵敏的新闻记者,及时地捕捉到了这个线索,小女孩的母亲又很煽情地要求他们一定要狠狠表扬这个田小。于是,一切顺理成章,田小就成了阿瓦城的英雄。

那段时间,阿瓦城的所有报纸、电视、收音机里,都有关于田小的新闻,随处都能看到他的照片。

事情的开始总是好的,可发展到一定程度,就逐渐失去了控制。这要源于阿瓦城人善于思考的性格。

田小不是阿瓦城的永久居民,他为挽救阿瓦城的一个鲜活的生命做出了贡献,阿瓦城的人是要感谢他的。可是,长时间的宣传就不能不引起阿瓦城人的注意了。

为什么这么高的荣誉会给一个外来人呢? 难道他的出现就是为了衬托我们阿瓦城人的懦弱和见死不救吗?

有一个人思考,就会有第二个。像传染病一样,这样的诘问很快在阿瓦城流行开来,大家展开了激烈的讨论,有人甚至建议在报纸上开辟专栏进行公开讨论,到底是田小太过优秀,还是阿瓦城人真的有这么多的弱点。

这时,一个头发鬈曲瘦骨嶙峋的女人,怀里抱着一只不甚名贵的小狗,扁扁的两片嘴唇一撇,她说:什么啊,你们不知道吧。那个田小,他进过看守所的。

这可是惊天新闻,像一个爆竹在人群里突然炸开,人们被吓了一跳。街

上正在行走的人也停了下来,他们纷纷围过来:怎么回事?你说详细点。

看到这么多人围过来,鬈头发的女人好像受了很大的鼓舞,她又撇了一下嘴:别看他现在这么风光,什么英雄啊,全都是假的。就是去年,哦,不是,可能是前年,他因为打架,进了看守所,听说啊,当时胳膊都打折了。

哦……一圈人恍然大悟。难怪他能那么勇敢地去救孩子,这从北方来的,就是野蛮嘛,做什么事都好冲动,愣头青呦。

是哦,是哦。我就说嘛,一个外来的小打工仔,一夜之间就成英雄了,原来还有这么一段历史哦。

这个说法在另一条街道遭到了断然否认。一个身体粗短,患着高血压的大哥,很坚决地说:瞎说,都知道什么嘛。田小哪里是因为打架才进看守所的?不了解不要瞎讲好不好?这个事情我最清楚了。他是因为贩毒啊,两包白粉,足有好几十克哎。

这个消息无疑就是一个炸雷了,把阿瓦城人震得很兴奋。

比官方的新闻媒体传播还要快,关于田小打架、贩毒、进看守所的消息大人小孩都知道了。彼此一见面,先问:听说了吧?田小的事。

听说了,听说了。这孩子,谁能想到呢,居然有那么复杂肮脏的经历。都是我们阿瓦城人宽容,要不他早待不下去了,还当英雄,狗熊啊!

可不,我们阿瓦城人可是最宽容厚道的,他那些过去我们都不计较,还大力宣传他,换谁可都做不到的。

慢慢地,阿瓦城人似乎找到了平衡,对田小当英雄的事就不那么计较了。但话传到田小耳朵里,他就不能不计较,他快气疯了,这都哪儿跟哪儿啊。

田小逮谁跟谁解释:我没有打架,更没有贩毒,也没有进看守所。就是去了趟派出所,协助调查……

没有人听他解释,谁会相信一个毒贩子一个粗鲁的打架狂的解释呢?即使他现在是个所谓的英雄。

田小跟那些采访过他的媒体记者说,他没有做过坏事,可他们也不信,他们说什么都不是空穴来风,还表情诡异地告诉田小:清者自清。其实,他们已经找到了证据,田小进派出所可不只一次,他十七岁时把自己的二叔打伤了,他还让一个女孩未婚先孕……

当一切准备就绪,这些关于英雄的过去的深度报道就发布出来,足足占据了两个版面。

如果说阿瓦城人之前的传说还是传说，那么报纸上的这些可都是真的了，田小无话可说。他甚至想退还发给他的奖金，把那枚塑料镀铜的奖牌也还给人家，可他不知道该还给谁。

田小欲哭无泪。当他把过去的一切都快忘记的时候，怎么阿瓦城人都替他记得这么清楚呢？

作为不是阿瓦城永久居民的田小，他自然不了解，这就是阿瓦城人的性格：善于思考，还热心。

我的窗户,对着坟墓

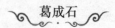

葛成石

　　那时我还在家乡教书,终于有了分房的机会。与世无争的我在别人为分配方案争吵时悠闲地修着指甲,当指甲修得比往常任何时候都漂亮了,这间楼层好又面对青山的房子就成了我的。我用笔在"302"后面画钩时,手竟然有点颤抖,好像这太不可思议了。

　　妻将新居收拾了,弟弟带了几个人,将几件破旧的家俬从老房里挪过去。为了与新居更和谐,我还特意向学校借了一套木沙发,放在狭窄的客厅里。弟弟在收拾屋子时,将一串腊肉临时挂在卫生间里,并兴奋地喊起来:"瞧,这茅厕比农村的厨房还干净!"我觉得自己生活在电视里了。

　　但一切美好就在瞬间打了折扣。妻进房间里去挂窗帘时,惊叫着跑了出来。原来窗户正对着一座坟墓!我最喜欢的青山,中间却镶嵌上了一座圆形的已被岁月风雨侵蚀成灰黑颜色的死人寓所,恍若掉了宝石的珍珠戒指中间留下的黑色窟窿,又像一张大嘴,随时要将它视线所及的东西生吞活夺。我杵在那里,和木桩相似。

　　妻的尖叫将隔壁的李老师引过来了。女人多几颗牙齿,从此,我的窗户对着坟墓的事儿,就成了议论的焦点。他们说,从202看是仰视,402看是俯视,只有302是正对。从他们的言谈中可知,他们在分房前就实地勘察过了,我与世无争的弱点及由此带来的后果再次暴露无遗。又有人说,302不能住,葛老师不是病了么?就是那房子住得,晦气!更有人说,我那天到302"参观",出来腿就酸疼酸疼的,见鬼!我知道什么叫危言耸听,什么叫以讹传讹了。我得病分明是在分房之前,而且,住进302之后,病情反而日见好转。

　　我们还是觉得选择302是一大憾事。以后,妻听到屋后山上有风吹草动,就疑神疑鬼,一次一声老鸦叫,就让她吓得尖叫着跑到李老师那里了,李老师说以为我有外遇,夫妻打架了呢。我们回家将烦恼说了。母亲安慰我们说,坟墓朝什么方向,是风水先生用罗盘格过的,你的窗户正对坟墓,说明你的房门和坟墓的朝向是一样的,那么这间房子也就是风水宝地了。

我一贯相信母亲的话,这件事儿也不例外。

我开始宽容窗前的坟墓。已是冬天,树干上还有零星的黄叶,风儿一吹,来不及挣扎,就飘落到坟墓的周围,或者跌撞在墓碑上,或者干脆安稳地躺在它的"院子"里。偶尔能见一两只寻食的老鼠,索索地从黄叶下钻过,一会儿又不见了。坟墓的主人却丝毫察觉不到周遭的一切。他是男还是女呢?他知道这会是自己永远的居所吗?知道有一天会有一座楼房挡住他的眼睛吗?不,死亡剥夺了他的一切,包括时间,只留给他一处小小的空间。生前也许他曾轰轰烈烈,也许是碌碌无为,或者等他想好明天开始自己的计划时,一切就已成了定格。我目测了窗口与坟墓的距离,十米左右。十米,不知这个空间距离换算成时间会是多久?只知道如果我没从病中挺过来,我甚至无从知道这所朝着坟墓的房子了。

病后,我回到原来的班级讲课,讲的刚好是史铁生的《我与地坛》。"死是一件无须乎着急去做的事,是一件无论怎样耽搁也不会错过了的事,一个必然会降临的节日。"我想起儿时因挨了骂,和姐姐去寻死的事儿。当然,等我们看见一家人在摘枇杷时,就讨几个枇杷吃,忘了自己要去死了。多么无知的童年!这样读着,想着,我竟然需要咬紧嘴唇才能战胜我的泪腺。

我白天忙着上课,夜晚在窗前敲击键盘,我愿以这种姿势成为定格。窗外会有一些声响,我像坟墓的主人一样静静聆听着这天籁之音。突然有一天,我发现坟墓不见了,一丛丛翠绿像隔开我们的屏幕,只在树缝间露出它灰黑的墙。但是我的心知道它的存在,知道它其实离我很近,知道秋天再来时,它会再次出现,这是一种必然。我也清楚自己该如何去做,才能坦然面对与他的这段距离。

那一年,我在电脑前花了无数个夜晚敲击而成的长篇小说终于出版了。那一年,我离开了家乡,离开了我那对着坟墓的小屋。但我一直很清楚,那座坟墓依然存在,只是我们更多时候,都像是闭着眼睛走近悬崖的人,危险就要来临而不自知,这不是比知道窗前有一座坟墓更可怕吗?

刀刻的微笑

李 蓬

面对城市高消费,吴老太只得在郊区租了房子,但随即又担心自己订的报刊能否按时送到。

她的担心并非多余,这儿距其他投递户有一公里远近,而且还有一段连晴天都是泥泞的小路。但事实证明,她的担心完全多余,因为不论天气多么恶劣,她的报刊总能按时送到。

投递员姓梅,是个六十来岁的老头子,穿一身破旧的、过时的制服,总是晴天一身灰,雨天一身泥。每当来到屋前,便大声喊:"吴老太,你的邮件。"这时吴老太便放下手上的工作,取回她的报刊。

一天早上,大雨不停,吴老太心想这个老头子肯定不会来了。但在九点钟,往日取邮件的时刻,她忍不住放下手上的工作,站在窗前朝外张望。只见一个模糊的身影正艰难地推着自行车,朝她的小屋走来。是投递员梅老头!吴老太感动万分,忙开门等候。梅老头远远地便说:"吴老太,你的邮件。"

吴老太见梅老头一身雨水,忙说:"快进屋歇歇。这么大的雨你还来呀。"梅老头憨厚地一笑,打开裹得严严实实的邮包,取出吴老太的报刊,说:"总算完成了今天的任务。"

自那以后,每当梅老头送来邮件,吴老太总是让他歇一会儿,喝杯水,聊聊家常,两人仿佛都回到了年轻时代。

原来这梅老头极为不幸,年轻时死了妻子,留下了三个不成器儿子——大儿子因杀人被判了死刑,二儿子因吸毒进了监狱,小儿子因斗殴被人砍断了双腿。梅老头是邮政局里的临工,到了这个年龄,本该被解聘,但考虑到他无依无靠,且身体还很硬朗,于是破例让他留下来负责该段的投递工作。

梅老头清楚自己的处境,工作自是尽职尽责。

吴老太心想:自己可幸运多了。虽说死了老伴,但老伴单位按月寄来足够生活的抚恤金;虽说没有儿女,但却胜过梅老头那三个不成器的儿子。吴老太是闲不住的人,虽说满了六十,但仍在搞剪报工作。每天从订阅的报刊上剪下文章,分门别类地寄向各地的一些文摘类刊物。

一天,梅老头送来邮件,没有走的意思。吴老太歉然说:"今天我的几个老姐妹来了,没法陪你。"

梅老头一怔,顿即想起:自己在吴老太的眼中,本来也只不过是个微不足道的可怜虫,略略有些失落感,连连说:"没关系,没关系,我走了。"

第二天,梅老头送来邮件,便要离开,吴老太说:"怎么,不坐下喝杯水?"

梅老头说:"不了,我还忙着呢。"

以后梅老头不再在吴老太那儿喝水闲聊,吴老太以为梅老头真的有事,也就未放在心上。

又是一个大雨滂沱的早上,临近九点钟,吴老太照例站在窗前,期盼着邮件的到来,但整整一个上午,老头儿都没有来,下午仍没见他的身影。吴老太不由得担心起这个可怜的老头子来,心想:千万别出什么事情,今天无法剪报,虽说有些损失,可要是这个老头儿出了事,那才是真的糟了。

然而在第二天早上,梅老头又出现在小屋前,大声吆喝:"吴老太,你的邮件。"并解释说昨天雨实在太大,未能及时送邮件。吴老太心想只要没出事,也就没什么。在以后的下雨天,梅老头便没再给吴老太送信,吴老太考虑到他的年龄,也就没说什么。

但故事并没结束,以后的晴天里,梅老头也常常两天的报刊杂志做一次送,理由是自己得照顾小儿子。这使吴老太非常不满,终于向他发出警告:"你要是再不按时投递,我可要向你们领导投诉。"

梅老头也火了:"你这人还有没有人性,怎么这样苛刻?"

吴老太大怒,找到邮政局里,述说了这件事情。

吴老太终于又可以按时收到报刊了,投递员依然是梅老头。梅老头仿佛觉得什么都没发生,常年脸上挂着微笑,不过吴老太看得出,那种微笑并不真诚,而是用刀刻出来的。

最后一次机会

甘桂芬

甄肖峰被公认为是个不近人情的老土,是没有感情的机器。他的过分坚持原则遭到很多人嘲笑。从来没有一个人能请得动他出去吃饭。到基层检查工作,他宁愿啃口袋里装着的硬馒头也不吃人家精心准备的大鱼大肉生猛海鲜。他这样做难免令一块儿去的同事尴尬,人家吃也不是不吃也不是。有时候随行人员想周旋,说已经到了吃饭时间,要不将就填填肚子吧,下不为例。可是他黑着脸决不通融。有人怀疑他在演戏,他是装的。可是谁能一装就是几十年?

他的对手拼命搜集他假清廉实贪污的证据,据说很多贪官表面上都是他这样的。但是经过市纪委调查,其结果只能为他的清廉提供佐证,他家里清贫如洗,不比下岗工人家里强多少。他妻子有病,是尿毒症。因为没钱给妻子看病,他每天回到家都要被病痛难耐的妻子责骂。

不少人说他神经病。多年过去了,他一直坚持着。他的故事在人们口头广泛传播,被老百姓视做真正的清官,甚至有好多人联名上书要求市委对他委以重任。上级用其所长,任命他做反贪局局长。

在他们所处的这个小城,别人做局长都可以过得很舒服,只有他生活贫寒。妻子的病已经拖了几年,医生说若是能换肾,她还能多撑几年。他手里没钱,急得焦头烂额。有好多人主动把钱送上门来,他知道人家看中的是他手中的权力,不敢要。亲戚朋友都给他得罪光了,他想借又借不到。他也想过贷款,可他没有什么值钱的东西可供抵押。

妻子最终还是因为尿毒症死了。直到她死,甄肖峰也没能筹足换肾需要的三十万元。妻子曾经很温柔很贤惠,但是她的温柔贤惠被病痛磨损光了。临终前她恨恨地说:"下辈子我宁愿嫁给街边卖煎饼的,而不是你。"

街边卖煎饼那人的老婆也得了尿毒症，是去年换的肾，花了三十万，现在那女人气色蛮好，每天在街边帮丈夫看摊。而他，只能眼睁睁看着妻子被病痛折磨死。

儿子也恨他，恨他拒绝了送上门来的一笔笔能拯救母亲的钱。家里一贫如洗，儿子上大学靠的是助学贷款。儿子始终不肯原谅他，假期也不回来。前几天甄肖峰领到工资去给儿子汇了款，钱被退回来了。儿子说不稀罕，他宁可自己打工挣学费。

甄肖峰很难受，为自己的众叛亲离。妻儿埋怨他，同僚远离他，没有人喜欢他。

甄肖峰很寂寞，他不知道自己是不是真的错了。做反贪局长这几年，他调查过很多大案，在破案的过程他也有过失落，偶尔他想，自己为什么不能腐败一次，但这种想法只停留在一念之间。

他马上就要退休了，这一次将是他办的最后一个案子。要查的是个年轻的国有企业老总，几个亿的资产在他手中不知所终。甄肖峰带人来到这个企业老总的家，第一次领略了什么叫做奢华无度。年轻的老总坦白说他们家仅仅装修卫生间就花了三十多万。甄肖峰望着金碧辉煌的卫生间目瞪口呆，他止不住心尖发颤，妻子的命还不抵人家一个厕所。

甄肖峰的副手不知道他为什么没有当场宣布将这个人刑事拘留。看着他紧绷的黑脸，没有人敢问。

晚上，年轻的老总果然来了。他请求甄肖峰放他一马，表示愿意献出他所贪污资产的一半。不，百分之八十。甚至，全部。那个老总看着他脸色的变化。甄肖峰想，如果有这些钱妻子就不会死，儿子也不会恨他，老家的兄弟姊妹侄男甥女们也不会怪他不肯照顾。当然不需要这么多，只要其中的很小一部分就可以了。他可以做些手脚，别人不会发现的。马上就要退休了，这是最后一次机会。

善于察言观色的老总接着说："我还开了一家夜总会，很隐蔽，绝对安全。那里有最好的服务，最好的小姐……"

他没有拒绝，他决定腐败一次，就一次。在夜总会里，他见识了最精致的食物，喝到了最香醇的美酒，看到了最妖艳的女人。他开始明白有些人为什么会热衷于腐败。

然后老总邀请他去洗桑拿。

不知道是因为他刚才喝了过量的酒，还是因为桑拿间里浓度过高的蒸

汽,或者因为陪侍小姐的热辣刺激,甄肖峰刚进去就突发了心脏病。

看到甄肖峰已经停止了呼吸,老总慌了,他走投无路,带上护照逃了。

接到报案,没有人知道甄肖峰为什么会死在那里?聪明人猜测这一定是他的策略,是他办案的特殊手段。他一贯喜欢出人意料,他肯定是想深入敌后了解这个老总的底细,却被那个老总阴谋陷害了。

事迹报上去以后,许多领导都来了。当看到他千疮百孔的内衣时,领导流泪了,说:"这样清正廉洁的好干部太少了,甄肖峰同志是死在了反腐败工作的第一线,我们要号召全市领导干部向他学习。"

甄肖峰死了,他成为英雄。许多媒体都报道了他牺牲在工作岗位上的事迹。他儿子和同事被邀请到好多地方做他的先进事迹报告,他们声泪俱下地回顾了与他一起生活工作的感人片段,台下一片唏嘘。

跳楼者说

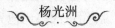

杨光洲

　　心理医生被人火急火燎地拽上了车。刚关上车门,车就发疯似的狂奔。"干什么去?"心理医生问。"有人要跳楼。你快到现场开导开导他吧。"来接他的人说。

　　心理医生被带到市郊一座六层的破旧大楼下。楼前,看热闹的人挤得水泄不通。一个硕大的橘红色充气垫子铺在地上,停在路边的救护车、警车闪着蓝色灯光。楼顶,一个人骑在楼边沿上的护栏上。他就是此刻千万人瞩目的主角了。可能早有跳楼的计划,他手里居然拿着一只扩音喇叭,高喊:"太不公平了! 这让人怎么活? 他们不让我活,我就死给他们看!"

　　"不要这样嘛! 有话好说!"楼下有人拿着扩音喇叭仰着头冲楼上喊。可跳楼人却铁了心:"太不公平了! 我非死给他们看。大家评评理,凭什么提拔张三不提拔我! 张三是大专毕业,我是本科毕业。我当上正科三年张三才提拔成副科。我当上副处两年张三才刚提拔成副处。在单位民主测评我也比他高两票。我的书法获过奖,他的字像王八爬的一样。我酒量也比他大。我喝八两没事,他一杯下肚就胡说八道。就连身高他也比不过我。我一米七,他才一米六八……他哪样能比得过我? 为什么提拔他不提拔我? 今天就得给我个说法! 不然,我就跳楼! 谁敢上来救我,我就抱着谁一块跳!"

　　跳楼者的领导、同事、现场组织救人的指挥又轮番喊话、劝导,可谁也给不出让跳楼者满意的说法。这时,心理医生走到现场指挥面前,低声询问了几句,又诡秘地耳语了一番,指挥一脸惊愕:"这样行吗? 万一……"心理医生很有把握地说:"他的话已把心理表露无遗。照我说的做吧。放心!"

　　指挥开始命人疏散围观的群众,接着,橘红色的充气垫子撤了,救人的

队伍也撤离了,救护车、警车熄灭了灯,无声无息地开走了。楼下只剩下了心理医生。

跳楼者冲着楼下喊:"他们为什么都走了?"

心理医生答:"张三也要跳楼了。他们去救他。"

"张三为啥要跳楼?他不是被提拔了吗?"

"张三跳楼的理由和你一样,觉得不公平!他说,凭什么让他到县里去,名义上当县长是提拔,可实际上得吃苦受累担责任,哪有你待在机关实惠舒服潇洒?他就是想不通!他说,你每次都比他先提拔是因为你会拍马屁他只知道实干,你民主测评的票数是请客喝酒喝出来的,你的字获奖是花钱买来的,你酒量大是喝酒时掺假耍赖装的,你比他高几厘米是因为量身高时他脱了鞋你穿着鞋,鞋还带后跟……"

"哈哈!他真是这么说的吗?"

"是的。他气得歇斯底里,浑身颤抖,逢人就骂,拿起东西就摔,现在正准备跳楼,谁也劝不住……"

"哈哈!太好了!我得去看看。不!我得去劝劝。张三呀张三,你老弟何必呢,气大伤身呀,何必动这么大肝火呢?有话好好说嘛!"跳楼者得意地自言自语,忽然又问:"他在哪座楼?快告诉我!"

"张三在环宇大厦顶楼六十九层。"

"他为什么选择在那里跳楼?"

"张三说他一直不如你。这次是你们的最后一次较量,他跳的楼一定要比你跳的楼高,制造的影响一定要比你的大!"

"他妈的!跟我比,他有什么资格跳环宇大厦?再说了,我跳楼在先,他跳楼在后,凭什么把救护我的力量抽走给他用?老兄,帮我拦辆出租车,我得去环宇大厦,马上就去!"

五分钟后,跳楼者飞也似的跑出了大楼,上气不接下气地冲着心理医生喊:"出租车呢?我不是让你拦辆出租车吗?你真耽误事!"

心理医生说:"张三在家睡觉呢,你也需要休息休息了。"

惩罚

天水

小时候,我很调皮,上课时总爱东张西望,学习很不专心。加之班主任是个刚从师范学院毕业的年轻女教师,人长得温柔漂亮,说话柔声细语,又不爱发脾气,所以任凭老师的教鞭在眼前晃来晃去,我依然调皮捣蛋不好好学习。

曾几次把老师气得当场落泪。有一次老师气得没辙儿了,只得把我的父母叫到学校,最后我父亲当着我的面向老师授权:"不听话就惩罚。"

自此,只要我上课不专心听讲,老师就把我叫到她的办公室去接受惩罚。

说是惩罚,其实既不挨打也不挨骂,老师只是让我面壁盯着一幅画看,直到看出名堂。

我十分奇怪:这幅画花花绿绿、斑斑点点的,什么也没有啊!可老师偏说那幅画里有很美很美的东西。

满心疑问的我虽不信老师的话,但在老师严格监视下还是上下左右地端详,却始终没看出什么。不过,被惩罚几次之后,我再不敢在课堂上开小差,调皮的我变得乖巧了,学习成绩也直线上升。

直到我小学毕业,老师的这幅画还挂在她的办公室墙上,我一直想弄清那张惩罚过很多学生的画到底画的是什么,我大胆地向老师索要以作留念。老师爽快地送给了我。

从此,这幅画一直被我带在身边,伴我度过初中、高中乃至大学。终于有一天,我看到那张花花绿绿、斑斑点点的画里面隐藏着一颗红红的心,越看越清晰,后来才知道这种画叫"三维画"。就在那一刻,我终于明白了老师的良苦用心!

后来，我也成了一名人民教师，依葫芦画瓢，我也在办公室墙上挂上了一些三维画，每当我的学生调皮捣蛋，或不专心学习时，我都会把他们叫来，面壁赏画，与其说是惩罚不如说是洗脑。

教语文的我，不仅像我的老师让学生"面画思过"，更让那些捣蛋的学生把从画中所见所思所想以作文的形式写下来。

虽然每位同学作文水平参差不齐，但令我吃惊的是每位同学都参透了画中的玄机，居然还有学生背后说我弄张破画糊弄人，其实他们对四维画乃至更高深的画都不在话下，何况这张小小的三维画。

听到此，我感慨万千：现在的学生已不是当年自己当学生时的学生了，我老师的教育方式已过时了。思前想后，我在办公室墙上更换了一幅画。

这次，那些调皮的捣蛋的上课不专心听讲的学生一旦"犯事"（当然是违反校纪班规），惩罚规则还是一样："面画思过"，但必须把从画中所见所思所想以作文的形式写下来。

说来奇怪，我这招终于制服了那些平时调皮捣蛋不守纪的学生，拿他们的话说，他们真的怕面对那张高深莫测的画，因为他们什么也写不出来，也就安心学习再不敢"犯事"。

在师生的共同努力下，我所带的年级升学都考得较好，上重点高中的比率在全市名列前茅。

后来，学生们都千方百计向我打探那张神圣的画的秘密，我很保守地拒绝：天机不可泄漏，那可是老师我的法宝啊，点破了以后我惩罚你们的师弟就不灵了，何况我也不知画中的奥秘。

其实，我怎能告诉我的学生：那是我刚满周岁的小儿的胡乱涂鸦，经老师我特意费心请人加工的装饰画吧！